AF139226

Impressum

TWENTYSIX
Eine Marke der Books on Demand GmbH

© 2021 Seemann, Ingrid

©Cover Ingrid Seemann: Deposit Stock photos – created by fiverr

Herstellung und Verlag: BoD – Books on Demand, Norderstedt

ISBN: 9783740711887

Ein ganz normaler Junge

Jonas

Fantasyroman

Inhalt

Jonas wird als Sohn eines irdischen Vaters und einer außerirdischen Mutter geboren. Zunächst scheint es, dass seine Mission als Beschützer des Planeten Erde gekommen ist. Sein Vater will unbedingt, dass er als normaler Junge aufwachsen soll und will ihn in die Schule schicken. Aber zuerst müssen die Eltern Jonas' den Direktor von der Notwendigkeit überzeugen. der Direktor fühlt sich veräppelt, als er hören muss, dass der neue Anwärter seiner Volksschule ein außerirdischer Junge von vier Monaten ist...

Landung

Sie ist gelandet. Neugierig checkt sie ihre Umgebung ab. Große grüne Flächen mit bunten Punkten, die sich mit dem Wind wiegen, faszinieren Alecha. Sie geht auf einen der weißen Punkte zu. Ihr Gehirn sucht nach einer Antwort und findet in ihrem Wordfinder: Blume – Leucanthemum - Volksname: Margeritenblume. Wirklich schön! Sie tastet nach einer blauen Blume, Wordfinder: Campanula – Volksname: Glockenblume, Pratum – Volksname: Wiese. Dann wird sie von etwas anderes ganz anderem abgelenkt. Sie ist ein Körper? Sie betrachtet neugierig ihre Hände. Zierliche Gliedmaßen strecken sich vor ihr aus. Sie krümmt sie probeweise und streckt sie wieder aus. Dann streicht sie wieder über das hohe Gras mit den schönen bunten Blumen. Die Berührung mit dem grünen Gras und den Blumen streichelt ihre Haut. Es gefällt ihr. Sie sieht nach unten und betrachtet neugierig den Rest ihres menschlichen Körpers. Lange Gliedmaßen stehen in dem weichen Gras.

Sie tastet ihren Bauch, weiter nach oben – ihre Brüste ab und gelangt schließlich zum Hals und zu ihrem Gesicht. Menschliche Körper kennt sie aus dem Unterricht. Sie sind auf einem Planeten Erde beheimatet. Sie ist also auf der Erde!

Wind kitzelt ihren Körper. Soeben ist ihr noch warm gewesen. Aber jetzt fröstelt sie. Automatisch schlingt sie ihre schlanken Arme um ihren zierlichen, nackten Körper und geht durch die Wiese. Der schöne grüne Fleck ist riesengroß. Die Luft wird kälter. Sie muss sich schneller bewegen, sonst fühlt sie sich nicht wohl. Sie fängt an zu laufen. Es gefällt ihr. Die Bewegung mit den langen Gliedmaßen. Zuerst fühlt sie sich noch steif an. Aber bald gehorchen ihr die Beine und sie läuft schneller. Ihre abgewinkelten Arme bewegen sich synchron zu den Beinen. Sie lacht. Es gefällt ihr. Sie rennt regelrecht durch die Wiese und bleibt dann abrupt stehen. Dort steht ein anderer Körper! Er ist etwas anders gebaut als sie? Sie wird langsamer und bleibt direkt vor diesen stehen. „Hallo! Wer bist du?"

Der Körper steht starr vor ihr. Er ist auch seltsam gebaut. Riesengroß und breit. Aber er hat ein Fell über dem ganzen Körper. „Äh… ja… ich bin Benjamin!" „Ich bin Alecha!" „Ja… äh… freut mich!" Er sieht sie seltsam an. Dann gibt er sich einen Ruck. „Warum läufst du nackt hier herum?" Alecha weiß nicht, was er meint. Sie zieht fragend die Augenbrauen in die Höhe. Im Geiste fragt sie ihren Wordfinder: ‚nackt': ohne Bekleidung. Benjamin hat inzwischen sein schlabbriges T-Shirt ausgezogen und reicht es ihr. Sie nimmt es in die Hand, aber weiß nicht so recht, was sie damit tun soll. Kurzerhand nimmt er es ihr wieder weg und streift es ihr über den Kopf und zieht ihre Arme durch die Ärmel. Das Kleidungsstück reicht ihr zumindest bis fast zu den Knien und bedeckt sie ausreichend. Benjamin kann aufatmen. Diese kleine Frau ist überirdisch, wunderschön!

Jetzt lächelt sie auch noch. Benjamin ist wie hypnotisiert. Ihre grünen Augen leuchten. Er beugt sich nach vor. Er kann gar nicht anders. Er küsst sie auf eine Wange und verharrt etwas darauf. Ihr Duft ist betäubend. Der Geruch nach

Vanille und Harz weckt seine Sinne. Er gibt sich innerlich einen Stoß und richtet sich wieder auf. Alecha sieht ihn träumend an. Das war ein Kuss auf die Wange, hat ihr innerlicher Wordfinder gesagt. Ein Kuss ist was Schönes. Sie lächelt ihn an. Vielleicht muss sie auch etwas tun? Sie hebt die Arme und tastet seinen jetzt nackten Oberkörper ab. Dieser ist wesentlich anders als ihrer... wellenförmig und viel härter. Sie fragt ihren Wordfinder. Er ist ein Mann und sie ist eine Frau. Er ist ein schöner Mann, dafür muss sie nicht nachgrübeln. Sie grabscht das Gesicht des Mannes ab. Die Form ist kantig. Die Haut ist neben dem Mund und der Nase kratzig. Die Augen sind blau – dunkelblau jetzt. Vorerst waren sie noch heller? Sie weiß es nicht mehr. Sie holt sein Gesicht zu sich hinunter und kostet den Mund. Immer wieder saugt sie sich an seiner Lippe fest. Ihre Hände kämmen durch die weichen blonden Locken.

Benjamin hält still. Er weiß noch immer nicht, was hier geschieht. Diese Alecha ist nicht ganz normal, oder? Aber er genießt dieses Küssen auf seinem Mund. Der Geschmack von süßen Erdbeeren lässt ihn auf mehr hoffen. Er legt die Arme um ihren schmalen Körper und zieht sie sachte an sich. Der Kuss dauert an. Sie lässt sich nicht beirren. Er spürt ihre tastende, von ihm kostende Zunge, die ihn zuerst über die Unterlippe, dann über die Oberlippe leckt. Benjamins Beherrschung ist auf den Nullpunkt gelandet. Er presst sie nun ungestüm an sich. Ihre Münder kollidieren. Sie hält sich an ihm fest und lernt, wie man auf der Erde küsst. Der Kuss ist einzigartig. Da ist sie sich sicher. Für ihren Geschmack löst er sich viel zu schnell von ihr. Sein Atem geht schnell. Sein Herz schlägt stolpernd unter ihren Fingern. „Alecha…" Sie sieht ihn, über ihre Lippe leckend, an. „Wer bist du? Woher kommst du?" Benjamin hat so viele Fragen, die sie noch nicht beantworten will. „Darf ich dich nach Hause bringen?" Schnell sucht sie in ihrem Geiste nach dem ‚nach Hause bringen'. Sie ist traurig. Ihr Zuhause ist weit weg von hier. Will er sie nicht?

Abenteuer Dusche

Benjamin grabscht einfach ihre Hand und zieht sie mit sich. Er ist Bauer und hat einen riesigen Hof, der nach nicht gemachter Arbeit schreit. „Komm, bei mir kannst du dich duschen und ich suche dir passende Kleidung aus dem Zimmer meiner Schwester. Wordfinder: Dusche – sich stehend mit Wasser reinigen. Sie kann sich nichts darunter vorstellen und wartet ab. Benjamin führt sie in sein Luxusbad. Er steuert auf seine begehbare Dusche zu und dreht den Wasserhahn auf. Dann wendet er sich zu ihr um. „Du kannst dich schon ausziehen und gleich hier hinein. Shampoo und Duschgel stehen hier. Ich bringe dir ein Handtuch." Sie entledigt sich des übergroßen T-Shirts und betrachtet vorsichtig den Wasserstrahl, der von der Wand auf sie zu spritzt. Das Wasser ist warm. Sie geht weiter hinzu und seufzt wohlig auf. Ja… das ist auch was Schönes! Neugierig sieht sie die verschiedenen bunten Flaschen an. Pfirsichshampoo liest sie. Duschöl? Sie schnuppert Kokos. Sie schüttet von dem wohlriechenden Öl auf ihren Körper. Ihre Hände verreiben es. Es fühlt sich angenehm an. Sie nimmt das orangefarbene Shampoo und schüttet es über ihren Kopf. Es steht darauf, dass es ein Aufbaushampoo für die Haare ist. Sie reibt kurz über ihren Kopf.

„Wer bist du?" Alecha zuckt heftig zusammen. Benjamin landet äußerst unsanft in der Ecke. Er schüttelt seinen angeschlagenen Kopf, den er sich schmerzhaft an dem Handtuchhalter gestoßen hat. Irgendeine Kraft hat ihn von ihr weggeschleudert! „Mensch, Alecha! Ich bin es!" „Oh... Es tut mir leid! Du darfst dich nicht an mich heranschleichen!", wirft sie ihm vor. Er nickt ernüchtert und sieht sie grinsend an. Sie ist voll von dem Öl und dem Shampoo. Sie hat keine Ahnung was sie da macht! „Wer bist du?", fragt er noch einmal. „Ich bin Alecha von dem Planeten Oleandros!" „Hä...?" Er versteht nur Bahnhof. „Bist du eine Außerirdische?" Er fragt es nur, weil sie ihn überrumpelt hat. Nickend sieht sie ihn an, als wäre es ganz normal, als außerirdisches Wesen in einem Badezimmer unter der Dusche zu stehen.

„Benjamin, warum duscht du nicht auch? Es ist genug Platz hier drin!" Er verschluckt sich. „Meinst du das ernst?" Sie nickt und lässt sich unbeirrt das Wasser über den Kopf rieseln. Dass ihr Shampoo in die Augen rinnt, scheint sie nicht zu stören. „Dann kannst du mir zeigen, wie man das richtig macht." Die Einladung zum Duschen nimmt er gerne an. Sofort entledigt er sich seiner Klamotten und geht zu ihr. „Das Shampoo musst du in die Haare reiben. Aber nicht die ganze Flasche – nur einen kleinen Klecks!" Er massiert ihr den Kopf und schäumt das Pfirsichshampoo auf. Sie hält schnurrend still. Seine Hände sind wirklich begnadet. Seine langen Finger üben einen magischen Druck auf ihre Kopfhaut aus. Sie ist enttäuscht als es zu Ende ist. „Das Duschöl leert man auch nicht über den Körper. Sieh mal, ich nehme nur eine kleine Handvoll. Dann verreibt man es auf den Körper. Äh... Darf ich?", fragt er, bevor er seine Worte in die Tat umsetzt. Sie nickt.

Seine Hände setzen an ihrer Schulter an, gleiten hinunter über ihren Rücken und mit leichten Druck über ihre kleinen Pobacken. Er geht in die Knie und reibt auch ihre schlanken Beine mit dem wohlriechenden Öl ein. Sie hält ganz still. Es ist sehr angenehm, findet sie. Sie dreht sich um. Ihre Mitte landet auf seiner Nase. Mit geschlossenen Augen atmet er tief durch, dann steht er wie betäubt auf. „Benjamin? Hier hast du das Öl noch nicht aufgetragen!" Sie deutet auf ihre Vorderseite. Benjamin seufzt leise auf. Aber er fügt sich. Sie ist kein Mensch! Sie ist kein Mensch! Immer wieder sagt er es sich im Geiste vor. Aber es nützt ihm nichts. Seine Hände verreiben das Öl auf ihren kleinen Brüsten. Die Spitze seines erregten Glieds streift immer wieder über ihren Bauch. Sie greift danach und sieht neugierig nach unten. Benjamin erstarrt. „Hör nicht auf, Benjamin! Meine Brüste sind wirklich mehr als erfreut." Sie reckt sich ihm entgegen. Der steife Penis liegt in ihrer Hand. Der Schaft zittert. Benjamin stöhnt. „Alecha! Du schaffst mich!"

Ihr ist heiß, sehr heiß. „Was passiert mit uns?", fragt sie ihn und auch ihren Geist. Ihr Wordfinder erklärt es ihr mit höheren Blutdruck, Herzrasen und so weiter. Benjamin sagt gar nichts dazu. Er weiß nicht so recht, was er mit ihr anfangen soll. Sie weiß ja nicht einmal, was sie hier tut! Fasziniert sieht sie zu seinem steifen Glied, das noch fest in ihrer Hand liegt. Benjamin presst fest seine Lippen zusammen und harrt stumm auf das, was weiter kommt. Irgendwann bricht er ab. Er ist kurz davor abzuspritzen. Peinlich! Shit!

Benjamins Zuhause

„Hast du Hunger? Ich kann uns kochen." Alecha nickt auf Benjamins Frage. Bis jetzt ist alles gut, was er vorgeschlagen hat. Sie fragt auch ihren Wordfinder nicht danach und wartet ab. Sie befinden in einer großen Küche, die teils mit modernen Geräten ausgestattet ist, aber ansonsten sehr bäuerlich eingerichtet zu sein scheint. Benjamin ist ein begnadeter Hobbykoch. Aber er will, dass sie ihm hilft. „Komm, du kannst mir helfen!", fordert er sie auf. Er hat es längst akzeptiert, dass für sie jedes Wort und jedes Tun komplett fremd ist. „Wer bist du, wenn du nicht hier bist?", fragt er neugierig. „Ich bin von einem Planeten namens Oleandros. Wir haben keine Körper, wie ihr hier auf der Erde. Wir sind reine Energie. Du kannst uns so vergleichen, wie das Licht, das von der Sonne kommt. Heiß und energiegeladen." „Wow! Wieso bist du hier gelandet?" „Ich habe eine Mission zu erfüllen." „Welche?" „Das weiß ich erst, wenn ich die Mission als solche erkenne." Sie zuckt die Achseln. „Kannst du die Nudeln in das Wasser geben?" Benjamin reicht ihr den Sack mit den ungekochten Spaghetti. Sie nimmt es entgegen und leert den gesamten Inhalt in das kochende Wasser. „Nicht so viel!" Ohne, dass er es verhindern kann, greift sie in das heiße, stark sprudelnde Wasser hinein und nimmt eine Handvoll heraus. „Scheiße!" Benjamin ist fassungslos und sieht auf ihre dargereichte Hand mit den leicht verbogenen Nudeln. „Du hast dir die Hand verbrannt! Wie kannst du nur in das kochende Wasser greifen!" Bestürzt schüttelt er den Kopf. Schnell packt er sie am Unterarm und zerrt sie eiligst zum Wasserhahn, damit er sie vorab kühlen kann.

„Was ist das?!" Stumm beobachtet er die zerrissene rote Haut, die sich, wie durch Zauberei, selbst zu heilen beginnt. Sein Augen werden groß. „Das ist meine Energie, die alles wieder so herstellt, wie es war!", meint sie erklärend und wendet sich wieder dem Kochtopf zu, als wäre nichts gewesen. Er kann es noch immer nicht fassen. Einzig ihre Stimme holt ihn wieder aus dem hypnotischen Zustand zurück. „Was kann ich jetzt für dich tun?"

„Äh... ich meine... ja... die Tomaten... ja... die kannst du schneiden! Setz dich hierhin! Ich zeige es dir vor!" Sie krabbelt auf den hohen Barhocker und sieht dem Holzbrett, Messer und einigen Tomaten entgegen. Er schnippelt sie gekonnt und gibt ihr das Messer in die Hand. „Probiere es einmal!" Zufrieden sieht er ihr zu.

„Du bist ein Naturtalent, Alecha!" Sie lacht. Eifrig schneidet sie entsprechend die Tomaten in kleine würfelige Teilchen. Benjamin holt sie ab und wirft sie in die Bratpfanne, wo er sie kurz in dem gebratenen Faschierten wälzt. Er legt den Deckel drauf und schaltet die Kochplatte ab. Er sieht nach den Nudeln. Er siebt die Spaghetti ab und legt auf zwei Teller, je einen kleinen Nudelberg. Dann kommt das Fleisch, zwei Blätter Basilikum auf je einen Teller und er serviert es mit darübergestreutem Parmesan. „Mahlzeit!" Sie nimmt die Gabel entgegen und beobachtet ihn. Bald weiß sie, wie sie essen muss und genießt das köstliche Gericht. „Mmm...! Das ist wirklich gut!" „Habt ihr auch etwas zu essen?" „Nein, wir essen nicht! Wir haben einen... wie nennt ihr es gleich...

einen Akku." Benjamin verschluckt sich. Sie ist eine Maschine?

Benjamin zeigt ihr sein Zuhause. Seine Arbeit. Er hat Kühe, Schweine, einen Esel und Ziegen. „Ich muss die Wiesen mähen, heuen und die Tiere versorgen. Das ist meine Arbeit." Umfasst er seine Tätigkeit grob. Sie ist sehr interessiert an dem Rundgang. Zwischendurch ermuntert er sie, den Esel mit einer Möhre zu füttern und den Ziegen Blumen vor das Maul zu halten. Alecha kichert. Die Mäuler sind seidenweich und kitzeln auf ihrer Haut. Vor den Kühen macht sie halt. Sie streichelt über das Gesicht der Kuh, die es sich muhend gefallen lässt. „Das ist ein großes Tier. Was tut sie den ganzen Tag?" „Das ist eine Kuh. Ich lasse den Stall offen. Sieh einmal hinaus. Die Kühe und auch die anderen Tiere können sich innerhalb des großen Geheges vor dem Stall frei bewegen und auch in den Stall zurück, wenn sie Lust dazu haben. Die Kühe fressen den ganzen Tag und morgens melke ich sie. Du kannst mir morgen, in der Früh dabei zusehen, wenn du willst." Alecha wendet sich ohne Worte zu den beiden Schweinen, die sich im Stroh wälzen. „Das sind Schweine.", erklärt er ihr. „Sie fressen so ziemlich alles an Abfall aus der Küche. Irgendwann kommen sie zum Schlächter und ich habe Fleisch für ein ganzes Jahr." Sie speichert alles in ihrem Kopf ab.

„Komm, wir gehen wieder hinein. Es wird schon kalt." Er reicht ihr seine Hand, die sie gerne annimmt. Gemeinsam schlendern sie über den Hof. „Willst du bei mir bleiben? Du hast keine Bleibe, wie ich das so sehe?" „Das will ich gerne. Danke!" Alecha ist froh, nicht gerade jetzt weiterziehen zu müssen. Benjamin verspricht ein weiteres Abenteuer. Die Dusche ist noch lange nicht genug. Sie hätte selbst einige Ideen, was sie mit ihm machen kann. Vorerst gehen sie in ein riesiges Wohnzimmer, das von einer riesigen Couch dominiert wird. Ein überdimensionaler Flatscreen hängt an der Wand und Benjamin schaltet ihn ein. „Willst du dir einen Film ansehen?" Sie nickt. Sie will alles sehen, was es auf der Erde gibt und macht es sich auf der weichen Couch gemütlich. Bald kommt Benjamin auf sie zu und setzt sich neben sie. Er zieht Alecha an sich und sie kuschelt sich wohlbehaglich an den kräftigen warmen Körper Benjamins. Der

Film läuft ab. Alecha saugt alles in sich hinein. Dennoch versteht sie nicht, um was es hier geht. Die Abhandlung ist zu schnell. Ihr Gehirn kann es nicht verarbeiten. Bald schließt sie erschöpft die Augen und schläft ein.

Der ruhige, gleichmäßige Atem Alechas zeigt Benjamin, dass dies alles zu viel für sie sein muss. Sie ist nicht von dieser Welt. Die vielen neuen Eindrücke kann ihr Gehirn nicht auf einmal verarbeiten. Er zieht sie auf seinen Schoß, steht mit ihr auf und geht in das obere Stockwerk, direkt in sein Schlafzimmer. Vorsichtig legt er sie auf sein Bett und zieht sie bis auf die Unterwäsche aus. Ihr einen Kuss auf den Mund drückend, deckt er sie zu. Er will selbst noch nicht ins Bett gehen. Er ist noch nicht müde und will einen Rundgang machen. Er geht hinaus in die Dunkelheit und sieht nach seinen Tieren. Alles ist perfekt. Alle seine Kühe, Schweine, Esel und die Ziege sind in den Stall zurückgekehrt und scheinen ihre Ruhe gefunden zu haben. Er lächelt und rubbelt einmal über einen Nasenrücken einer Kuh, die sich mit einem Muhen bedankt. Leise drückt er die Stalltür soweit zu, sodass die Tiere sie am

Morgen problemlos aufstoßen und selbstständig in ihr freies, großzügiges Gehege laufen können. Benjamin kehrt zurück in sein Schlafzimmer. Alecha liegt genauso da wie er sie zurückgelassen hat. Er zieht sich bis auf die Boxer Short aus und legt sich zu ihr. Spontan zieht er sie mit dem Rücken an seinen Bauch und schläft zufrieden mit sich ein. Alecha kuschelt sich ein und schläft mit einem Lächeln weiter.

Irgendwann erwacht sie. Ihr Körper schwitzt. Der Rücken und entlang der Beine ist sie nass. Sie versucht sich von dem heißen Hintergrund wegzubewegen. Aber sie ist an dem natürlichen Heizkörper festgeklammert. Vergebens versucht sie den Arm von sich wegzuheben. Mit ihrer menschlicher Kraft gelingt es ihr nicht. Aber mit ihren überirdischen Gedanken lässt sich der schwere Arm Benjamins jedoch leicht fortbewegen. Sie seufzt und steht auf. Die Decke legt sie wieder sorgfältig über seinen Körper. Benjamin grinst. „Du bist ja schon wach!" „Mmm! Komm wieder zu mir! Es ist noch früh." Sie beobachtet seine geschlossenen Augen, die auch in diesem Moment lachen können, was seine Fältchen rundherum verraten. Sie beugt sich ganz nah an seine Lippen. „Ich muss mal!" Anscheinend hat sie mit dem irdischen Körper auch alle irdischen Bedürfnisse übernommen. Seufzend setzt sie sich auf die Kloschüssel.

Sie schlüpft wieder zu ihm unter die Decke und drückt ihren erkalteten Gliedmaße nahe seinen heißen Körper. Ihre Hände gehen auf Wanderschaft. Sie hat noch lange nicht alles an einem männlichen Körper entdeckt. Sie setzt sich auf und nimmt die Decke von ihm weg. Von oben betrachtet sie ihn staunend. Was sie sieht gefällt ihr. Sein Körper ist breit und muskulös. Seine Arbeit dürfte anstrengend sein, mutmaßt sie. Sie berührt sein Dreieck unter dem Bauchnabel und spurt es nach. Der Penis zuckt unter ihrer Neugierde. Sie registriert heftiges Atmen und sieht hoch. Seine Pupillen sind groß und dunkel geworden. „Mach weiter, Alecha!", bittet er sie. Sie widmet sich wieder dem Dreieck und der hellen Spur blonder Haare entlang nach unten. Sie beugt sich runter und leckt einmal über die Haut. Der Schaft zuckt. Ihre Augen folgen der Bewegung und ist interessiert. Sie leckt sich weiter der Spur entlang und einmal über den Schaft. Sie registriert die weiche, samtene Haut über einem äußerst harten Muskel. Benjamins Stöhnen zeigt ihr, dass es ihm gefällt, was sie mit ihm macht. Sie leckt weiter und hält den Penis in Position. Sie weiß von der Haut, die sich auf und ab bewegen lässt und penetriert ihn.

Sie testet aus. Die Hand greift fester zu und bewegt sich schneller auf und ab. Benjamins Atem wird schnell und kurz. Er keucht und stöhnt. Sie sehen sich tief in die Augen. Benjamin Hand greift auf ihren Nacken. Sie muss ihn noch tiefer berühren, sonst vergeht er noch vor Sehnsucht! Er drückt sachte zu und sie lässt sich willig noch weiter auf seinen beeindruckenden Schwanz ziehen. Er spürt keinerlei Gegenwehr. Sie küsst schon seinen Bauch. Er stößt von unten noch weiter in sie hinein und hält sie eine kurze Weile in Position. Sie wehrt sich nicht und lässt ihn gewähren. Wieviel hält sie aus?! Er nimmt die Hand weg und holt sie wieder zurück. „Das war… spannend!", meint sie noch und leckt sich über die Lippen. Ihre Hand wischt, zufrieden lächelnd, über ihren Mund und nimmt noch einmal den Schaft in die Hand. Sie stülpt sich über ihn und drückt sich selbstständig bis auf seine Bauchdecke. Er knurrt und flucht. Diese Frau ist der Wahnsinn! Sie kommt wieder hoch und er holt sie zu sich auf die Matratze. „Komm ich zeig dir was!" „Ich bin wirklich neugierig. Solche Praktiken haben wir auf unserem Planeten nicht! Ich war schon in vielen anderen Galaxien. Aber dies habe ich noch nie erlebt! Gibt es noch etwas was du mir zeigen kannst?", fragt sie neugierig. Diese Frau ist eine Außerirdische, fällt ihm in diesem Moment wieder ein.

Aber er ist zu angetörnt von ihrer Lernfähigkeit. Jetzt will er sich in sie rammen. Er legt sie vor sich auf den Rücken und spreizt ihrer Beine. Die Anatomie stimmt. Die Pussy glänzt. Ohne, dass sie es weiß, fließt sie regelrecht für ihn über! Er neckt sie mit dem Zeigefinger und schiebt ihn einmal ganz in ihre Vagina ein. „Was spürst du?" „Oh… es ist aufregend… ja mach so weiter… es stimuliert mich auf angenehme Weise!", erklärt sie die Situation. Er nimmt den Mittelfinger dazu. „Oooh…!" sie reißt die Augen auf.

Der Mund ist rund geformt. Sie zieht ihn näher und flüstert in sein Ohr. „Kannst du den Penis auch so in mir bewegen?" Er läuft rot an. Diese Frage wurde ihm noch nie gestellt. Er ist sicher kein Verächter der fraulichen Anatomie. Aber der Sex wurde noch nie so analysiert wie heute. Er richtet sich auf und nimmt seinen Schwanz fest in die Hand. Einfach, weil er das Bedürfnis hat, penetriert er sich ein paarmal selbst. Alecha leckt sich über die Lippe und sieht gebannt zu. Es macht etwas mit ihr. Ihre Vagina zieht sich zusammen und öffnet sich wieder weit. Ihre Beine spreizt sie noch weiter und bietet sich dar. Benjamin setzt seine rote Eichel an. Sie vorerst damit in der Nässe badend, neckt er sie. „Komm schon!" Sie ist ungeduldig und greift nach seinem Becken.

Er rammt sich ungewollt tief und hart in sie hinein. Sie schreit auf. Was war das?! Er war das nicht! „Hey…!" Sie hat ihn in sich hineingezogen, ohne sein Zutun! Beinahe wäre er auf sie draufgefallen. Er richtet sich auf und legt ihre Beine auf seine Schulter. Dann legt er los. Tief und lang, kurz und hart, bis er seinen eigenen harten Rhythmus findet. Sie sieht ihm funkelnd an. „Schneller! Es ist soo guuut!" Er grinst selbstgefällig. Aber die schnelle, harte Bewegung verlangt viel von ihm ab. Er schnauft und stöhnt lauthals. Sie beobachtet ihn und ihren Körper, der diese Prozedur sehr genießt und ihre Schreie werden immer lauter. Irgendwann fängt sie an, hemmungslos zu zittern. Auch seine Ausdauer macht sich bezahlt. Seine Nervenbahnen vibrieren. Seine Hoden ziehen sich fest zusammen. Sein Penis zittert und ruckelt in ihrem Inneren. Sie presst ihn immer wieder fest zwischen ihre Muskeln ein. Er kann es nicht mehr zurückhalten und knurrt. „Komm... jetzt!" Sie weiß nicht was er damit meint. Aber ihr Körper scheint es zu wissen und nimmt den gewaltigen Orgasmus, der über sie beide hereinbricht, an. Alecha sieht Sterne, die blitzend aufeinanderprallen. Sie schreit frei seinen Namen heraus und ergibt sich der zügellosen Macht, die über sie beide hereingebrochen ist.

Benjamin fällt über ihr zusammen. Er ist total erschöpft. Alecha hat ihn bis an seine Grenzen gefordert. Sein schlaffer Penis, ist noch in ihrer Pussy von Nässe und seinem Sperma umgeben. Sie hat ihre

Arme und Beine um ihn geschlungen und ihn fest an sich gedrückt. Er will auch nicht weg. Er fühlt sich wohl. „Bin ich nicht zu schwer für dich?", fragt er besorgt. „Nein..." Er bleibt. „Das war wirklich toll. Mein Körper fühlt sich matt und zufrieden an. Es hat all meine Gedanken hinweggeblasen. Mein Gehirn ist out of order!" Sie hat Bestandsaufnahme gemacht und ist verwundert über die Mächtigkeit eines guten Sex. Er grinst. Sie meint, es war phänomenal und er hat alles richtig gemacht, was seinem Selbstbewusstsein einen starken Auftrieb gibt. Er zieht die Decke über sie beide, damit sie nicht auskühlen.

Irgendwann entzieht er sich der Frau neben sich und entschuldigt sich, dass er jetzt aufstehen müsse. Schade, dass er zu seinen Tieren muss. Die Kühe wollen gemolken werden. Die anderen Tiere verlangen nach Leckerlis und wollen verwöhnt werden. „Ich komme mit!" Alecha will nichts versäumen…

Ankunft

„Benjamin ich muss weiterziehen. Du weißt, …meine Mission!" „Aber…" Benjamin ist wie vor dem Kopf gestoßen. Sie will jetzt einfach so gehen? Was soll er jetzt ohne sie machen? Er hat sich schon so an sie gewöhnt! Er sitzt an dem Tisch und starrt sie ungläubig an. Er weiß nicht, was er denken soll. „Benjamin!" Sie sieht ihn scharf an. „Ich muss! Es steht vieles auf dem Spiel. Vieles ist im Argen bei euch! Aber wenn du willst, komme ich wieder zu dir! Aber denke daran, wenn du in Gefahr bist, denke an mich und es wird dir nichts geschehen!" Er weiß nicht, was sie meint. „Du wirst es wissen, wenn es soweit ist." Sie sitzen stumm beieinander und frühstücken. Sie greift auf seine Stirn. Dann ist sie plötzlich weg. Benjamin steht auf und macht, was er immer macht. Er geht zu seinen Tieren und versorgt sie. Seine Stimmung ist wie immer. Er ist nicht traurig. Er hat sie vergessen…

Alecha läuft zu ihrem Bestimmungsort. Ihr Weg ist lang. Mit ihrem Körper ist sie nicht so schnell. Sie überlegt, ob sie ihn wieder abwerfen soll. Aber dann erinnert sie sich, dass sie nur diesen einen für diesen Planeten bekommen hat. Es bleibt ihr nichts anderes übrig als den irdischen Weg zu nehmen. Sie läuft über die Landstraße. Sie läuft schon über drei Stunden entlang der Straße. Sie hat schon einige Dörfer umrundet. Sie will kein Aufsehen. Viele Fahrzeuge haben sie überholt, bis eines vor ihr stehen bleibt. Ein alter Mann steigt aus. „Mädchen! Kann ich dich mitnehmen?" „Wohin fährst du?", fragt sie. „Ich bin noch drei Stunden unterwegs, bis über die nächste Staatsgrenze!" Sie steigt ohne weitere Erwiderung ein. Sie ist zufrieden damit, dass sie ihrem Körper eine Ruhepause gönnen kann. Sie spürt Abnützung. Das lange Laufen hat ihm nicht gut getan. Seufzend setzt sie sich neben ihn und schnallt sich den Gurt, auf seine Aufforderung hin, an.

„Woher kommst du?" „Ich bin viele Stunden gelaufen! Ich war auf einem Bauernhof mit Kühen, Schweinen, einem Esel und Ziegen!" Der alte Mann schnaubt. „Warum bist du von diesem schönen Ort weg?" Ihre Sprechweise und ihre Aussagen muten ihm komisch an. „Ich habe eine Mission zu erfüllen!" „Aha!" Er sagt vorerst nichts mehr. Sie scheint nicht richtig im Kopf zu sein. Stumm verharren sie weiter. Knurrend frisst sein alter Chevy Kilometer um Kilometer. „Kannst du mich hier hinauslassen? Ich muss da weiter!" Sie zeigt in die andere Richtung, als die staubige Landstraße verläuft. „Hier?", ungläubig sieht er sie von der Seite an. Aber er bremst ab und bleibt schließlich am Straßenrand stehen. „Mach's gut Mädchen und pass auf dich auf!", meint er noch gutmütig. Er schüttelt den Kopf. Diese junge Frau ist eigenartig. Aber er ist nicht für sie verantwortlich. Alecha bedankt sich und läuft querfeldein wieder weiter. Sie dreht sich nicht mehr um und hört, dass das Fahrzeug wegfährt.

Ihr Weg führt sie über die, von Menschen gezogenen Grenzen und kommt schließlich an einem kleinen Dorf an. Sie sieht sich um. Dort vorne steht ein kleines Häuschen aus Lehm und strohbedeckten Dach. Sie beobachtet vorerst dieses Häuschen. Sie will zu diesen Menschen, vor allem zu einen kleinen irdisches Kind. Es ist wirklich noch ein Kind. Aber seine Vorbestimmung ist von großer Bedeutung. Es muss gerettet und von ihr beschützt werden. Es kommen schwere Zeiten auf die Menschen hier zu. Sie denkt an Benjamin. Er ist in Sicherheit. Was er jetzt wohl tut? Er hat ihr gefallen. Sie verbietet es sich, ihn im Geiste zu besuchen. Er lenkt sie zu sehr von ihrer Mission ab. Vielleicht darf sie ihn wieder aufsuchen, bevor sie wieder zurück auf ihren Planeten zurückkehrt? Sie hofft es.

Heimlich, hinter einem Baum versteckt, beobachtet sie das Treiben des Dorfes und des kleinen Häuschen, das ihr Ziel darstellt. Schnell speichert ihr Gehirn alles ab. Es gibt einen kleinen Laden, der vorrangig von den weiblichen Geschöpfen besucht wird und das einige Zeit lang. Es gibt auch ein Haus auf dem Joe's Kneipe steht. Hier gehen vor allem die männlichen Körper ein und aus. Auch diese verweilen eine sehr lange Zeit in diesem Haus. Insgesamt scheinen die Bewohner zufrieden mit sich zu sein. Ihr Gehirn speichert alles ab. Dann als es finster wird, legt sie sich auf den harten Erdboden und lässt ihren Körper sich ausruhen. Morgen wird sie die Bewohner des einen Hauses aufsuchen und sich nach dem Baby umsehen. Es wird so lange unter ihrem Schutz stehen, bis es groß genug ist und seine besondere Rolle einnehmen kann. Sie stellt sich auf eine sehr lange Zeit ein.

Früh am Morgen steht sie auf und klopft sich den Staub von ihrer Kleidung, die sie von Benjamin bekommen hat. Sie hat keine andere und nimmt sich vor, dass sie sich passendere Kleidung besorgen muss. Sie ist müde und ihr Körper schmerzt. Sie muss in Zukunft daran denken, dass sie sich nicht mehr so sehr vorausgaben darf. Hier auf der Erde ist ihr Körper den gleichen Bedingungen ausgesetzt, wie jeder andere auch. Der schnelle Lauf hat ihr nicht gut getan. Seufzend geht sie in das Dorf.

Die Menschen sind schon unterwegs. Dabei ist es noch früh am Morgen. Sie strahlen gute Laune aus, denn sie lachen und scherzen sich zu. Sie scheinen sich gut zu kennen. Alecha kann es deutlich hören. Die Leute nennen sich beim Namen und rufen mahnend ihre kleinen Kinder zurecht, die um ihre Füße herumtollen. Es ist eine gute Stimmung. Alecha gefällt es. Sie geht auf zwei

Frauen zu, die sich angeregt unterhalten. „Hallo! Können Sie mir sagen, wo ich Mutter Agnes finde?" Die Blicke der zwei weiblichen Individuen blicken sie erstaunt und dennoch zurückhaltend an. Sie ist eine Fremde. Stumm wartet sie ab. „Wer sind Sie?" Eine der beiden antwortet ihr mit einer Gegenfrage. Zu Recht. „Ich bin Alecha vom Planeten Oleandros!" Im gleichen Moment hätte sie sich gerne auf die Zunge gebissen. Was faselt sie da? So kann sie kein Vertrauen erwecken! Die Frauen sehen sie verdattert an. Dann lacht die eine los. Alecha seufzt. Das hat sie nun davon! „Entschuldigen Sie, ich rede schon wieder Unsinn... Es ist eine blöde Gewohnheit von mir! Ich komme natürlich nicht von diesem Planeten. Ich komme von einem Bauernhof mit vielen Kühen, einigen Schweinen, einem Esel und Ziegen.", versucht sie die Lage zu retten. Aber vergebens. Die Frau lacht noch lauter. „Sie sind wirklich komisch! Agnes, was sagst du?" Die Frau namens Agnes nickt ebenso erheitert. Aber dann wird sie ernst. „Was willst du von Agnes?"

Irgendetwas hat sie falsch gemacht. Alecha kommt nicht darauf. Da sie noch nicht lange auf diesem Planeten ist, kennt sie die Gepflogenheiten noch nicht. Sie denkt nach. Was kann sie von Agnes wollen? Sie versucht es doch mit der Wahrheit. Sie ahnt, dass die Frauen es ihr nicht glauben werden. „Ich bin hier, um das auserwählte Kind vor Unbill zu schützen. Meine Mission ist es, das Kind bis zu seiner Vorbestimmung zu begleiten!" Sie sagt es mit aller Ernsthaftigkeit, die sie aufbringen kann, in der Hoffnung, nicht wieder ausgelacht zu werden. Die beiden Frauen werden ernst. Aber sie nehmen sichtlich Abstand. „… und wer soll das sein?" Alecha sieht sie an. Sagte sie das nicht? Das Kind von Agnes! Haben sie ihr nicht zugehört? Sie wiederholt ihren Satz von vorhin. Die eine Frau fängt an zu schreien. „Gehen Sie weg von hier! Sie werden das Kind nicht bekommen! Hilfe! Hiiiilfe! Polizei! Helft mir doch!" Panisch und hektisch wedelt sie abwehrend mit den Armen. Ihr schrilles Geschrei macht die Menschen auf sie aufmerksam und strömen in Scharen neugierig herbei und gaffen.

„Macht Platz! Geht wieder an eure Arbeit! Agnes! Was ist hier los?" Statt Agnes anzusehen, betrachtet der korpulente Polizist aufmerksam die Fremde in seinem Dorf. „Wer sind Sie?" „Ich bin Alecha! Ich muss das Kind zu seiner Bestimmung führen!" „Vielleicht kommen Sie erstmals mit in mein Büro und erzählen mir alles?", meint der Polizist gutmütig und scheucht die aufgeregte Schar von Menschen auseinander. Alecha hofft, dass dieser Mann nicht gleich zu schreien anfängt, wenn sie von ihrer Mission erzählt und folgt ihm zu einem Haus auf dem Polizeistation steht. Wordfinder: staatliche und kommunale Institution, die für öffentliche Sicherheit und Ordnung sorgt. Sie scheint hier richtig zu sein, hofft sie.

„Setzen Sie sich und erzählen Sie mir von wo Sie herkommen und was Sie hier suchen!" Seine Stimme ist autoritär und damit kann sie gut umgehen. „Ich bin Alecha vom Planeten Oleandros. Meine Mission ist es das Kind zu suchen und es zu seiner Vorbestimmung zu führen." Der Polizist sieht sie schweigend an. „… von welcher Vorbestimmung sprechen Sie?"

„Dem Kind ist es bestimmt die Galaxie zum Guten zu verändern. Es wird Krieg zwischen den Planeten herrschen. Diesem Kind ist es bestimmt, diesen unseligen Krieg zu beenden. Sergeant Carson nickt ernst. „Wer soll dieses Kind sein?" „Das Kind, das vor einem Monat geboren wurde!" Ihre ruhige Stimme irritiert Carson. Ist sie richtig im Kopf? Sie will das Baby von Agnes? Das darf doch nicht wahr sein! „Was genau haben Sie mit dem Kind vor?" „Ich werde es beschützen, bis es selbst auf sich aufpassen kann." „Vor was wollen Sie es genau beschützen, wenn ich Sie das fragen darf?" „Vor dem Krieg, der hier bald ausbrechen wird." Jetzt ist es genug! Länger will er sich dieses Geschwafel nicht mehr anhören! Er wird sie vorerst in eine Zelle sperren und dann mit dem Gouverneur telefonieren. Sie ist eine Gefahr für sein Dorf! „Kommen Sie, ich muss sie vorerst in Gewahrsam nehmen. Sie verstehen das doch? Ich muss Sie überprüfen und dann entscheiden, wie es weiter gehen soll! Bitte folgen Sie mir!" Alecha geht mit und lässt sich in diese Zelle sperren. Seufzend fügt sie sich und setzt sich auf die einzige Pritsche, die in der, von drei Seiten einsehbare Zelle steht. Sie wartet.

Aufseufzend legt sie sich hin. Ihr Körper schmerzt noch immer von den Strapazen. Sie will sich ausruhen und dann entscheiden, wie es weitergehen soll. Ihr Blick fällt auf das kleine Fenster, das mit Gitterstäben gesichert ist. Blauer Himmel… Es scheint noch Tag zu sein. Sie selbst hat das Gefühl, als würde sie schon lange von ihrer Nachtruhe auf dem Erdboden aufgestanden sein. Bis jetzt hat sie keinen Erfolg aufzuweisen. Sie hat das Kind noch immer nicht in ihrer Obhut. Der Krieg wird bald ausbrechen und dann muss sie es gefunden haben! Sie schläft ein. Etwas unterkühlt kuschelt sie sich in die kratzige Decke, die ihr zur Verfügung steht.

Sergeant Carson tritt vor die Tür. Er hat mit dem Gouverneur telefoniert. Dieser meint, dass Alecha nach ein paar Tagen in der Zelle wahrscheinlich vernünftig geworden ist und dann kann er sie wieder wegschicken. Auf die Frage eines herannahenden Krieges, hat sich der Gouverneur bedeckt gehalten. „Jawohl Sir! Ich werde abwarten." Was soll er auch anderes tun? Er beobachtet die kleine Bevölkerung seines Dorfes. Es sind brave Menschen, die die Ruhe verdient haben. „Hey Carson! Was ist mit der Verrückten? Bist du aus ihr schlau geworden?" „Justin, kümmere dich um deinen eigenen Kram!", wiegelt der Polizist ab. „Was machen wir jetzt mit ihr?" Carson seufzt. „Agnes, ich passe auf, dass deinem Baby nichts geschieht, okay?" Agnes' Sorgenfalten gefallen ihm nicht. Sie hat eindeutig Angst. Sie nickt verhalten auf seine Zusicherung und eilt besorgt zu ihrem Haus. Der Bürgermeister Jackson kommt auf ihn zu. „Carson, was ist da los?!" „Ich habe eine Verrückte eingesperrt, die behauptet von einem anderem Planeten zu sein. Sie ist auf einer Mission. Sie will das Baby von Agnes haben! … und sie meint, dass bald Krieg ausbrechen wird! Weißt du etwas davon?" Jackson geht nicht auf seine Frage ein, was Carson jetzt stutzig werden lässt. Wieso lacht er nicht über die Behauptung, dass bald Krieg herrschen wird? Der Bürgermeister hat sich umgedreht und versucht nun seinerseits die Menschen zu beruhigen. „Sie ist nicht gefährlich Leute! Sie ist in

Gewahrsam und wird nach ein paar Tagen frei gehen dürfen. Sergeant Carson wird sie aus unserem Gebiet hinausbegleiten."

Ausnahmezustand

Alecha wacht auf. Sie liegt seit zwei Tagen auf der Pritsche. Ihr Körper hat sich ausreichend erholt und sie steht auf. Die Schmerzen sind wie weggefegt. Sie streckt ihre Glieder und dehnt sie. Zufrieden mit sich, will sie den Tag beginnen, der aber an der geschlossenen Zellentür endet. Soll sie bleiben wo sie ist? Oder soll sie einfach zu ihrer Mission gehen? Es dauert nicht mehr lange. Der Himmel wird über das Dorf einstürzen und sie ist die Einzige, die dieses Dorf vor der Katastrophe beschützen kann. Sie öffnet einfach die Tür, als wäre sie nur angelehnt. Kein Schloss kann sie aufhalten. Einzig mit ihrem telepathischen Fähigkeiten kann sie jedes Hindernis leicht überwinden. Der Polizist ist nicht hier. Also geht sie hinaus und sieht nach links und rechts. Niemand scheint sie zu beachten. Gut. Sie steuert auf das Haus ihres Ziels zu und die Tür beugt sich ihrem telepathischen Befehl. „Was machen Sie hier? Wer hat Sie hereingelassen?" Alecha hat genug von den unsinnigen Fragen und schreitet direkt auf die Tür, hinter der dieses Kind auf sie wartet. Das Geschrei hinter ihr beachtet sie nicht.

Hier liegt es. Mit großen Augen sieht der kleine Erdenbewohner sie an. „Hey Kleiner! Du wirst einmal ein ganz Großer!", säuselt sie ihm zu. Ihr Zeigefinger streichelt seine Wange. Sie ist entzückt über die weiche, sanfte Baby Haut. So etwas hat sie noch nie verspürt! Auf ihrem Planeten gibt es keine Kinder. Energien werden neu erzeugt, sobald sie sich verringert. Die Arme und Beine des Kleinen bewegen sich. Das Baby gluckst. Alecha beugt sich über das Menschlein und sofort wird sie an ihrer langen Haarsträhne gepackt. Alecha lacht. „Du hast jetzt schon die Eigenschaften eines Kriegers, mein Kleiner!" „Gehen Sie sofort hier weg!" Agnes' panische Stimme lässt Alecha aufsehen und sie geht einen Schritt zur Seite. „Das ist der Vorbestimmte", wiederholt sie zum x-ten Male. „Raus!", schreit Agnes. Sergeant Carson eilt mit einer Pistole in der Hand herein. „Sie nehmen jetzt langsam die Hände in die Höhe und marschieren hier hinaus. Jetzt!" Alecha denkt nicht daran und lässt die Pistole in seiner Hand hinwegsegeln, ohne dass sie sich sichtbar dem Beamten genähert hat. Perplex steht er da und will der Pistole nachhechten. Aber sie rutscht wieder aus seiner Reichweite. „Carson bring bitte diese Person von meinem Baby weg!", jammert Agnes mit schreckgeweiteten Augen.

Plötzlich kracht es. Agnes schreit panisch auf. Carson läuft hinaus. Alecha wird still. Die Raketen sind angekommen. Sie muss sich konzentrieren. Sie will einen Schutzschirm über das Dorf spannen. Ein Energiefeld, dass die Raketen gar nicht durchkommen können. Ihr Geist arbeitet. Sie steht starr mitten im Raum und ihre Augen verdrehen sich zeitweise in den Hintergrund ihrer Augenhöhlen. Sie arbeitet auf Hochtouren. Sie muss die unschuldigen Menschen und ihren Lebensraum sichern. Es darf niemand herein und niemand hinaus. Sie müssen isoliert werden, bis der Krieg vorbei ist. Nur so kann sie garantieren, dass dem Baby nichts geschieht. Es ist antastbar. Sie hebt die Hände, als würde sie die Geister rufen. Aber tatsächlich spannt sie eine breites Energiefeld über das Dorf. Es kostet sie viel an Kraft und sie hält kurz inne, um sich zu sammeln. Wieder fällt eine Rakete vom Himmel und das Geschrei von draußen verstummt. Hat es die zweite Rakete geschafft, in das Dorf einzufallen? Sie weiß es nicht. Sie konzentriert sich wieder auf das Energiezelt. Nur ein kleines bisschen noch, dann hat sie es geschafft. Sie fällt in sich zusammen. Ihr Körper ist jetzt eine beinahe leblose Hülle. Ihre telepathischen Fähigkeiten haben sich erschöpft. Sie müssen sich regenerieren.

Agnes steht mit weit aufgerissenen Augen und mit ihrem Kind fest an sich gedrückt in einer Ecke des Raumes. Entsetzt hat sie mitangesehen, was mit Alecha geschieht. Es mutet ihr unheimlich an. Ist sie tatsächlich das, was sie angegeben hat zu sein? Sie weiß es nicht. Ihr einfaches Gemüt kann sich so etwas einfach nicht vorstellen. Entschlossen legt sie ihren kleinen Sohn in die Wiege und beugt sich über Alecha. „Alecha? Was ist mit dir?" Sie versucht sie wachzurütteln. Aber vergebens. Alecha liegt wie tot am Boden. Agnes geht hinaus, um Hilfe zu suchen und erstarrt an der Schwelle ihres Hauses. Der Platz vor der Kirche ist zerstört! Ein mächtiger stählerner langer Körper hat sich in den harten Boden gerammt und ein riesiges Loch gebombt. Hat Alecha die Wahrheit gesagt? Agnes fängt an zu schreien und fällt in eine gnädige, tiefe Ohnmacht.

Die Leute im Dorf erwachen langsam aus der Starre, in die sie alle hineingeraten sind. Einzig Sergeant Carson räuspert sich und spricht mit seinen Bewohnern mit einer gewissen Strenge, um sie wieder zur Besinnung zu bringen. „Räumt auf Leute! Bürgermeister Jackson und ich müssen uns beraten, was wir als nächstes tun werden!" Er hofft, dass nicht allzu viele Tote zu beklagen sind. Dann fällt ihm wieder Alecha ein. Diese Frau hat es vorausgesagt! Er muss sie holen und verhören! Sie weiß mehr! Er geht auf Agnes zu und umarmt sie tröstlich. Diese Frau hat schon so viel in ihrem Leben mitgemacht. Kalkweiß lässt sie sich an seinen Körper drücken. „Alecha hat irgendetwas gemacht und ist dann umgefallen! Sie rührt sich nicht mehr!", klagt sie leise. Sie gehen gemeinsam hinein, um nach ihr zu sehen. Alecha sitzt meditierend neben dem Kind. Sie öffnet die Augen, sobald

Carson und Agnes hereinkommen. „Es hat begonnen!" „Was hat begonnen?" „Der intergalaktische Krieg!" „Was!?" „Die Welten streben nach Macht! Wir müssen warten, bis der Erlöser eingreifen kann." Sie dreht sich nach dem Kind um. „Aber dies dauert Jahre, bis er soweit ist!" „Ja! Bis dahin werde ich ihn beschützen und ausbilden! Habt keine Angst. Ich beschütze auch das Dorf. Ein Energiefeld über eurem Häusern und naheliegenden Feldern lässt euch ruhig weiterleben!"

Carson schüttelt den Kopf. Er versteht nur Bahnhof. Er stürmt hinaus und sieht in den Himmel. Die Sonne blendet und spiegelt sich in etwas. Energiefeld? Es soll sie schützen? Wenn nicht, dann Gnade ihnen Gott! Er setzt sich auf eine kleine Steinmauer und wischt sich verzweifelt über die Stirn. Warum passiert es hier? Wissen die außerirdischen Geschöpfe, dass der Vorbestimmte in ihrem Dorf aufwächst? Das darf doch alles nicht wahr sein! Wenn es so ist, dann muss er weg von hier! Er kann den anderen Menschen nicht zumuten, dass sie wegen eines bestimmten Kindes in Gefahr schweben! Mein Gott! Er weiß nicht, was er tun soll und macht sich nun auf den Weg zum Bürgermeister.

Jackson und Carson treten vor die Menschen in ihrem Dorf. Sie wollen die Wahl nicht alleine entscheiden. Muss das Kind weg, oder darf es bleiben? Bürgermeister Jackson tritt vor seine kleine Gemeinde am Hauptplatz, um die alles entscheidende Frage an seine Mitbürger zu stellen. „Meine lieben Mitbürger! Wir werden angegriffen, von was, oder wen auch immer. Wir wollen keinen Krieg. Dennoch hat eine Rakete unseren Hauptplatz zerstört! Leute, unter uns ist eine Außerirdische! Ihr habt sie alle gesehen. Sie hat den Krieg vorausgesagt." Er macht eine kleine Pause. Die Menschen werden unruhig. Krieg? Warum? Jackson redet mit seiner dramatischen Stimme weiter: „Sie hat auch von einem Kind gesprochen, das dazu bestimmt sein soll, gegen diesen Krieg ankämpfen zu können. Nur ist dieses Wesen noch immer ein Baby. Leute, bis dieses Kind groß genug ist, uns zu beschützen, gibt es niemanden mehr in diesem Dorf. Bis dahin ist es längst zerstört!", schreit er aufgebracht. Die Menge tobt. „Hört mir zu! Der Krieg findet anscheinend nur über uns statt. Ein galaktischer Krieg, der uns nichts angeht. Aber dieses Kind wird uns den Tod kosten. Wollen wir es weiterhin dulden? Männer und Frauen, wir müssen darüber abstimmen!" Der Mob verstummt. Der Bürgermeister will eine Entscheidung, dass sie über das Kind und auch deren Mutter abstimmen. Agnes ist immer eine Außenseiterin gewesen. Sie hat in dieses Dorf geheiratet. Der Mann ist tot. Agnes ist alleine und hat keine wirklichen Freundinnen. Das Dorf entscheidet gegen sie und das Baby. Sie haben Angst um ihr eigenes Leben.

Der Bürgermeister ist zufrieden. Bald wird wieder Ruhe einkehren und das Dorf kann friedlich weiterleben. Zusammen mit dem Sergeanten Carson geht er zum Haus von Agnes, die gerade ihr Baby stillt. „Alecha lass sie herein! Ich bin schon fertig mit Christopher." Sie steht auf und bedeckt sich. Stumm schreitet sie nichtsahnend in die große Stube. Alecha stellt sich hinter sie. Sie weiß Bescheid. Sie muss Agnes und Christopher an einen anderen, sicheren Ort bringen. Es kommen schwierige Tage auf sie zu. „Agnes, die Bewohner des Dorfes haben entschieden, dass du uns mit deinem Baby verlassen musst. Es tut mir leid!" Agnes realisiert diese Aussage nicht ganz. Sie sieht von Jackson zu Carson und wieder zurück. Die ernsten Mienen lassen sie zurückschrecken. „Warum?", flüstert sie geschockt. „Was habe ich euch getan?" Carson tritt räuspernd vor und nimmt vorsichtig die Hand von dieser Frau in seine. Er hätte sie gerne geheiratet. Aber der richtige Zeitpunkt ist nie gekommen. „Agnes, wir werden wegen eines intergalaktischen Krieges angegriffen. Du hast es gesehen. Die Rakete am Hofplatz..." Er sieht zu Alecha hinüber. „Alecha hat die Wahrheit gesagt. Sie hat einen Krieg vorausgesagt und dieser Krieg ist auf uns gerichtet, weil dein Sohn Christopher von den Außerirdischen gefürchtet wird." Seine tragische Stimme drückt ihm und Agnes die Tränen aus den Augen. „Aber..." Agnes dreht sich um. Ihr Gesicht verzerrt sich schmerzerfüllt und richtet sich gegen Alecha. „Du bist schuld! Wie kannst du behaupten, dass mein Sohn schuld ist? Du musst dies wieder richtig stellen, Alecha!" Ihre Anschuldigung tut weh. Alecha kann nichts dafür, dass sie ist, wer sie ist. Die Dorfbewohner haben natürlich Angst. Das versteht sie. Sie bleibt dennoch stumm und harrt aus.

Agnes hat sich auf einen Stuhl fallen gelassen. Ihr Gesicht ist unter ihren Händen versteckt. Immer wieder schüttelt sie verzweifelt ihren Kopf. „Agnes, es tut mir leid. Aber bis morgen früh musst du gehen!" Des Bürgermeisters Stimme ist tonlos. Er ist froh, dass es nicht seine alleinige Stimme gewesen ist. Er verlässt ohne ein weiteres Wort das Haus. In ihrer Verzweiflung fängt Agnes zu weinen an. Carson versucht sie an sich zu ziehen, um ihr Trost zu spenden. Aber er scheitert. Sie springt wie eine Furie auf und weist ihm die Tür. Mit gebeugter Haltung folgt er und die Tür fällt leise hinter ihm zu. Er wird diese Entscheidung jeden Tag bereuen.

Währenddessen hat Alecha fieberhaft nach einer Bleibe für sie drei nachgedacht. Wo sollen sie nur hin? Wo kann Christopher unbeschwert aufwachsen? Ihr fällt Benjamin ein. Er ist der Einzige, der in Frage käme. „Hast du eine Idee, wohin du gehen kannst?", fragt sie vorsichtshalber Agnes. Sie will ihr jetzt keine Vorschriften machen. Agnes soll selbst entscheiden dürfen. Alecha ist nur dazu da, Christopher und ihre Mutter vor den Angriffen zu schützen. „Nein!", schluchzt Agnes. „Ich habe niemanden!" „Dann pack das Nötigste zusammen! Ich kümmere mich um ein Fahrzeug! Ich bringe dich und Christopher zu einem Freund. Er hat einen Bauernhof mit vielen Kühen, einigen Schweinen, einen Esel und Ziegen!" Agnes lächelt bei der Aufzählung. Vielleicht ist es das Beste, mit Alecha zu diesem Freund zu fahren. „Sind wir da sicher?" „Ja." Entschlossen steht Agnes auf und holt zwei Taschen, die ihre gesamte Habe aufnehmen sollen. Den Rest wird sie hierlassen.

Alecha geht hinaus und zur Polizeistation, wo sie Carson vorfindet. „Ich brauche ein Fahrzeug! Ich kann Agnes keinen Fußmarsch zumuten! Sie ist stillende Mutter, die noch von der Geburt Christophers geschwächt ist!", argumentiert sie. Ihr ist es egal, ob er ihr freiwillig ein Fahrzeug besorgt. Sie hat die Möglichkeit, ein Fahrzeug auch ohne seine Erlaubnis mitzunehmen. Er überlegt. Sie hat recht. Er kann Agnes nicht zumuten, dass sie einen langen

Fußmarsch, ungeschützt über die Felder, zurücklegt. „Wirst du sie beschützen?" „Ja." „Dann komm mit! Ich habe einen Lastkraftwagen, der schon lange unbenutzt herumsteht! Ich muss ihn aber erst checken, ob er noch fährt und ich tanke ihn auch voll!" „Danke!" Sie begleitet ihn bis ans andere Ende des Dorfes.

Ein lauter Knall lässt Carson einen Satz zur Seite springen. Er sieht sich um. Nichts. Er sieht nach oben. Dort oben ist etwas, als schwebe es in der Luft! „Was ist das nur?" „Eine intergalaktische Rakete! Sie haben es wieder versucht. Wenn sie draufkommen, dass sie keine Chance haben, durchzukommen, werdet ihr einige Zeit Ruhe haben. Bis dahin werden sie mitbekommen, dass das Kind nicht mehr da ist." „… und dann?" Sie zuckt die Achseln. „Dann werdet ihr nicht mehr beachtet. Sie wollen das Kind eliminieren!" Carsons Schritte werden schneller. Er ist froh, wenn Alecha, Agnes und Christopher so weit weg sind, wie nur möglich. „Wo wirst du sie hinbringen?" „Das braucht dich nicht zu kümmern!" Carson verstummt. Er macht sich trotzdem Sorgen.

Reise ins Ungewisse

„Was passiert nun mit dem Dorf? Schützt der Schild es weiterhin?" Agnes macht sich so ihre Gedanken. Sie sitzt neben Alecha in der Fahrerkabine. Christopher schläft in seiner gut verankerten Wiege auf der großen überdachten Ladefläche des LKWs. Agnes hat so viel mehr mitgenommen, als sie anfangs vorhatte. Aber als Alecha mit dem riesigen Fahrzeug angekommen ist, hat sie sich für alles Mögliche aus ihrem Haus entschieden, das sie wahrscheinlich nie mehr brauchen wird. „Der Energieschild wird abschwächen und irgendwann wegfallen. Die Kalaner werden dann merken, dass das Kind nicht mehr da ist und den Ort auch nicht mehr angreifen wollen." „Was ist mit uns?" „Ich habe einen Schutzschild über den LKW gezogen. Uns kann nichts passieren. Wenn wir Glück haben, haben sie da draußen nicht einmal mitbekommen, dass wir unterwegs sind. Durch den Schild sind wir nicht zu sehen!" „Aber wenn sie uns gesehen haben?" „Das ist unwahrscheinlich. Ich habe einen sicheren Schild gezogen, sobald wir eingestiegen sind." „Hoffentlich!", Agnes sieht seufzend auf ihr schlafendes Baby zurück.

Sie fahren eine Weile unbeschadet durch die Landschaft entlang der staubigen Landstraßen. Alecha meidet die Dörfer. Nur einmal haben sie einen Supermarkt gesucht. Sie brauchen Vorräte und Babysachen. „Ich habe kein Geld! Wir können nichts einkaufen!" Agnes ist verzweifelt. Ihr verstorbener Mann hat ihr nur das Haus hinterlassen. Das bisschen Geld, das sie gebraucht hat, hat sie sich dazuverdienen müssen. Es hat gerade von einem Tag zum nächsten gereicht. Einige Dorfbewohner sind nett gewesen und haben ihr öfter etwas zu essen vorbeigebracht. Das Meiste hat sie für Christopher gebraucht.

Agnes ist unglücklich. Sie fühlt sich so unzulänglich! „Keine Sorge! Ich mache das schon! Komm!" Agnes sieht zu ihrem kleinen Sohn, der sich jetzt fröhlich krächzend sich selber unterhält. „Ich will ihn nicht alleine lassen." „Dann nehmen wir ihn einfach mit!" Alecha lächelt und zieht einen Schirm über sie alle. Ein kleiner Schirm für eine Stunde ist nicht schwer und verlangt keine allzu große Energie von ihr.

„Komm jetzt! Ihr seid sicher!" Alecha winkt Agnes zu. Inzwischen vertraut die junge Mutter Alecha. Wenn sie sagt, dass sie sicher sind, dann glaubt sie es. Froh, endlich der ungemütlich, engen Fahrerkabine für eine kleine Weile zu entkommen, geht sie zuallererst auf die Toilette. Vertrauensvoll übergibt sie Christopher Alecha und sperrt die Kabine zu. Alecha hat den Kleinen schon öfters in den Armen gehalten. Es gefällt ihr. Der Kleine guckt sie jedes Mal mit riesigen Kulleraugen an und lacht dann glucksend. Seine kleinen Patschhändchen ziehen an ihren brünetten Strähnen und sie lacht ihn an. Sie versteht nicht, wie sie so ein kleines Wesen so innig lieben kann. Sie ist ein Wesen aus einer anderen Galaxie. Bei ihr zu Hause gibt es keine solchen entzückenden Kerlchen! Da gibt es auch keinen Mann... Sie denkt an Benjamin. Wie wird er es aufnehmen, wenn sie mit einer Mutter und einem Kind bei ihm aufkreuzt?

Agnes kauft ein. Alecha trägt den metallenen Einkaufskorb. Christopher hängt in einem großen weichen Tuch an der Vorderseite seiner Mutter. „Du kannst alles mitnehmen. Kein Problem." Wenn Alecha dies sagt... Agnes durchsucht jedes Regal nach geeigneten Lebensmittel. Sie haben keine Möglichkeit zu kochen. Es muss aber gesund sein, weil sie Christopher stillt. Deshalb landet viel Obst und Gemüse im Korb. Schokolade zum Naschen und Milch zum Trinken, Mineralflaschen für den Vorrat. Der Korb ist übervoll. „Wir finden bald wieder einen Supermarkt unterwegs, Agnes!", versichert Alecha und sie gehen zur Kasse. Als es zum Zahlen kommt, nimmt Alecha eine Karte zur Hand. Sie hat sie aus einer Box genommen, die sie bei Agnes gefunden hat. Sie muss ihrem Mann gehört haben. Natürlich kann Agnes nichts damit anfangen. Aber Alecha hat damit kein Problem. Sie legt die Karte auf das Bankomatgerät und setzt ihre Fähigkeiten ein. Ihre Gedanken lassen Energie in das Gerät fließen und bringen es dazu, dass es die imaginäre Zahlung bestätigt. Dass tatsächlich kein Geld fließt, wird erst zu spät bemerkt werden, aber dann sind sie längst über alle Berge.

Sie fahren weiter. Agnes hat sich zu ihrem Sohn auf die Ladefläche gelegt. Zu ihrem Glück hat sie an die Matratze auf ihrem Bett gedacht. Sie kann sich ausstrecken und lässt sich von den schlechten Zustand der Straßen in den Schlaf schaukeln. Alecha fährt die ganze Zeit. Sie braucht keinen Schlaf. Einzig ihr Körper benötigt mehr Ruhe als sie gedacht hat. Sie setzt ihren Geist ein, der den Weg für sie fortsetzt. Ihr Körper schmerzt. Das Kreuz tut weh! Auch hat sie das Gefühl als würde ihr Körper krank werden. Ihr ist speiübel. Sie muss stehen bleiben und bremst. Hastig öffnet sie die Fahrertür und springt hinaus. Das Essen, dass sie ihrem Körper notwendigerweise zugeführt hat, kommt hoch. Erstaunt beobachtet sie die breiigen unansehnliche Masse auf dem Boden. Igitt! Ihr Körper hat sich offensichtlich übernommen. Sie muss daran denken, dass sie auf diesem Planeten nicht tun und lassen kann, wie sie es sich vorstellt. Ermattet klettert sie wieder hinein.

In diesem Moment knallt es neben ihr, sodass ihre Ohren nur so klingeln. Ihr Körper zuckt heftig zusammen und hechtet zur Seite. Was war das denn? Hat ihr Schild ein Leck? Sie prüft es schnell. Nein! Agnes und ihr Sohn sind sicher. Was hat sie falsch gemacht? Sie weiß es nicht. Sie startet mit ihrem Geist den Motor und fährt los. Eine weitere galaktischer Strahl schlägt hinter ihnen ein. „Was war das?!" Agnes' Kopf kommt hinter dem Vorhang hervor. „Ich weiß es nicht genau. Die Kalaner haben zwei Raketen auf uns geschossen. Aber der Schild ist dicht. Keine Ahnung. Aber irgendwie haben sie uns entdeckt!" Hektisch sieht Alecha in den Rückspiegel. Es ist wieder ruhig geworden. „Warum hast du vorhin angehalten?" „Mein Körper hat sich übergeben, sorry!" „Bist du krank?" „Ich denke, dass ich die Funktionen meines irdischen Körpers überstrapaziert habe." „Du brauchst Pause!", ist Agnes überzeugt. Alecha nickt nur und ist in ihren Gedanken noch bei der Analyse. Warum haben die Kalaner sie geortet? Sie ist ausgestiegen und ihr Körper hat sich erbrochen… Jetzt weiß sie es! Sie hat nicht daran gedacht, dass sie sich selbst mit einem Schild abschirmt! Kein Wunder! Sie muss mehr aufpassen, sonst ist alles umsonst.

Sie will Agnes nicht beunruhigen und sagt es ihr nicht. Anscheinend ist sie selbst nicht fehlerfrei. Dieser Körper lenkt sie zu sehr von ihrer Mission ab! Sie wird angreifbar. Warum haben die Kalaner auf sie geschossen? Sie ist weder der kleine Junge, noch die Mutter gewesen? Vielleicht haben es die Kalaner auf sie abgesehen? Warum? Sie kommt zu keinen Ergebnis. Sie muss weiter abwarten und aufpassen, dass sie in der nächsten Zeit kein Ziel abgibt. Dann denkt sie an Benjamin. Darf sie ihn einer Gefahr, wie dieser aussetzen?

Tage vergehen. Agnes und ihr Sohn brauchen viel Ruhe. Alechas Körper ist erschöpft. Ihre ganze Energie geht für das Schild auf. „Alecha! Bitte! Du musst dich ausruhen!" Agnes sieht besorgt auf ihre Beschützerin. Alecha zeigt alle Anzeichen, als würde sie jederzeit zusammenbrechen. „Bleib jetzt sofort stehen! Wir sind hier in einer gottverlassenen Gegend. Du legst dich sofort auf die Matratze! Dein Körper braucht es! Ich passe auf und wecke dich, wenn ich etwas Verdächtiges sehe!" Agnes ist erbost. Alecha ist stur wie ein Maulesel, denkt sie sich.

Alecha sitzt auf dem Fahrersitz und blickt scheinbar unbeirrt geradeaus. Agnes hat recht. Ihr Körper ist am Limit. Ihre Energie fast erschöpft. Bald wird das Energiefeld zusammenbrechen und sie sind schutzlos den überirdischen Kriegsherren ausgeliefert. Seufzend stoppt sie die Motoren. Die Handbremse quietscht ächzend und Alecha nimmt sich einige Zeit der Besinnung. Agnes zieht an ihrem Ärmel. Sie lässt sich vom Lenkrad wegziehen und sie steigt auf die Ladefläche. Vorsichtig legt sie ihren Körper auf die Matratze. Unvorstellbare Schmerzen plagen sie. Die Muskeln streiken von dem Kreuz über die Wirbelsäule hinauf bis in den Kopf. Alecha spürt jeden gepeinigten Muskel. Sie hat jetzt eine ungefähre Vorstellung, wie schwer es sein muss, auf diesem Planeten zu überleben.

Agnes nutzt die Gelegenheit, aus dem LKW zu steigen und ihre Notdurft zu verrichten. Hinter einem Busch hockend blickt sie aufmerksam um sich. Sie sind alleine. Sie steht auf und streckt sich einmal durch. Langsam geht sie einige Schritte hin und her. Sie freut sich schon, wenn sie endlich an ihrem Ziel angekommen sind. Sie blickt sich um. Sie ist zu weit von der Straße abgekommen. Sofort dreht sie um und klettert unversehrt in die Fahrerkabine. Ihr Sohn und Alecha scheinen zu schlafen. Sie versucht sich gemütlich über die Plätze auszustrecken und schläft ebenfalls ein.

Alecha öffnet die Augen. Ihr Geist ist hellwach. Sie sieht sich um. Wo ist Agnes? Der Kleine spielt mit seinen Zehen. Sie lächelt. Wo ist Agnes? Sie klettert wieder nach vorne. Agnes schläft auf den Sitzen. Gut. Sie haben Zeit. Es eilt nicht und Alecha zieht sich wieder zurück auf die Matratze. Der Kleine hat sie beobachtet und lallt sie fröhlich an. Er will spielen und sie hebt in zu sich. Sie lässt kleine lustige Kobolde über ihnen tanzen. Christopher lacht. Seine Patschhändchen wollen nach den Bildern über ihm greifen. Aber sie zerplatzen wie Seifenblasen. Glucksend lässt er jetzt alle nacheinander platzen. Alecha zaubert andere Figuren und freut sich, dass sich Christopher über ihre, aus ihrer Fantasie entsprungenen Figuren amüsiert. Der Kleine ist wirklich anspruchslos und sehr lieb. Alecha spielt sehr gerne mit ihm. Sie lässt ihn wie einen Helikopter über ihrem Kopf fliegen, wobei sein rundes Gesicht jauchzend aufstrahlt. Agnes' Gesicht zeigt sich. „Na ihr scheint Spaß zu haben!", meint sie lächelnd. „Ja!"

Agnes übernimmt Christopher und Alecha positioniert sich wieder vor das Lenkrad. Sie nimmt wieder Fahrt auf. Ihr Körper scheint sich wieder normalisiert zu haben. Die Schmerzen haben merklich nachgelassen. Sollte sie nicht wieder etwas die Beine vertreten? „Willst du hinaus auf die Wiese?", fragt sie deshalb Agnes. „Kein Problem ich war schon!" „Wann?" „Als du dich hingelegt hattest!" Agnes klettert zu ihr, mit Christopher am Arm, nach vorne. „Agnes! Das darfst du nicht ohne ein Energiefeld!" „Es ist ja nichts passiert. Ich hatte es notwendig." Alecha denkt nach. Warum haben die Kalaner stillgehalten? Was bedeutet das jetzt für sie alle? Agnes scheint nicht das Ziel der Kalaner zu sein, oder? Als sie selbst ihren geschwächten Körper vor dem LKW sich übergeben lassen hat, haben sie sofort angegriffen. Sind die Kalaner hinter ihr her? Warum? „Was hast du? Dein Gesicht ist käseweiß geworden!" Alecha blickt in den Rückspiegel. Ihr Spiegelbild ist ihr selbst noch immer fremd. Sie hat sich noch nicht oft in den Spiegel geblickt. Sie zuckt die Achseln.

„Ich überlege gerade, warum die Kalaner nicht angegriffen haben, als du draußen warst? Aber bei mir haben sie zwei Raketen abgeschossen!" „Keine Ahnung! Vielleicht sind sie ja hinter dir her?", mutmaßt Agnes stirnrunzelnd. „Das wirft die Frage auf, warum nur?" Alecha denkt intensiv nach. Was hat sie, dass die Kalaner sie zerstören wollen? Die Frage findet noch keine brauchbare Antwort. „Wir werden es noch herausfinden.", tröstet Agnes ihre mittlerweile liebe Freundin und streicht ihr über den Arm. Christopher fängt an zu quengeln. Er hat Hunger. Agnes schlüpft mit ihm nach hinten, um ihren Sohn zu füttern.

Energiefeld

„Wir sind bald da!" Alecha erkennt die Landstriche, die zu Benjamins Bauernhof gehören. Agnes sitzt neben ihr und sieht sich gebannt um. Große Flächen von Wiesen und fast keine angebauten Felder zieren die Umgebung. „Es sieht wunderschön hier aus." Dennoch hat sie Angst. Wird der Bauer sie willkommen heißen? Die Reise ist lang gewesen. Sie wünscht sich Ruhe und Ausgeglichenheit für sich und ihren Sohn. „Benjamin wird sich freuen, uns zu sehen!" Alecha zumindest freut sich auf diesen Mann. Irgendwie haben sie eine Verbindung. Dennoch ist sie erstaunt, dass sie zu solchen Stimmungen überhaupt fähig sein kann. Sie ist keine Irdische Frau. Ja, sie hat den Körper einer irdischen Frau. Aber sie ist vom Planeten Oleandros. Da gibt es kein Gut und Böse. Da gibt es keine Stimmungen. Da gibt es keine Zugehörigkeit. Da spielen Gefühle keine Rolle. Sie gibt es einfach nicht. Sie existieren nur in ihrer ureigenen Energie. Eigentlich schade, denkt sich Alecha. Sie hat es genossen, als Benjamin sie in den Arm genommen hat und ihr irdische Dinge gezeigt und auch DAS mit ihr gemacht hat... „Alecha! Alecha! Wir sind, glaube ich, da!" Agnes hat sie leicht geschüttelt und zeigt nach vorne. Tatsächlich! Benjamins Hof ist zu sehen! Nicht mehr weit und sie ist wieder bei Benjamin! Sie drückt das Gaspedal noch etwas weiter durch. Der alte LKW macht einen Satz nach vorne. Der alte Motor hustet protestierend. Das Ungetüm macht einen letzten Schnaufer und steht dann unweigerlich still. „Du hast dem alten Motor zu viel abverlangt!", spricht Agnes das Offensichtliche aus. Alecha lacht. „Das war es dann wohl. Wir müssen das letzte Stück zu Fuß gehen." Agnes fängt an, Christophers notwendige Sachen zusammen zu tragen. Den Rest können sie später holen.

Agnes zaubert ein Energiefeld um sie drei und dann können sie losmarschieren. Eine ganze Viertelstunde müssen sie gehen, bis sie zu der Auffahrt des schönen, alten Gebäude ankommen. Erschöpft bleiben sie stehen und lassen den Eindruck auf sich einwirken. Alecha wundert sich in letzter Zeit immer wieder, warum ihr Körper so leicht schwächelt. Als sie von Benjamin weggegangen ist, ist sie lange Strecken schnell gelaufen! Da musste sie nur einmal kurz rasten. Aber den Weg hat sie mit den Beinen in der halben Zeit zurückgelegt, als mit dem LKW. Sie muss den Körper checken. Vielleicht ist er krank? Zu dumm, dass sie sich bisher mit der Anatomie des Körpers so wenig befasst hat!

Sie stehen schnaufend vor der Tür. Alecha drückt die Klinke. Es ist verschlossen. Ist er gar nicht da? „Benjamin! Ich bin es, Alecha!" Sie schlägt noch einmal lautstark gegen das massive Holz der Tür. Dann hört sie ihn. „Ich komme ja schon!", brummt eine Männerstimme aus dem Inneren des Hauses. Agnes beobachtet wie Alechas Gesicht auf einmal aufstrahlt. Sie scheint ihn wirklich gern zu haben. Dann sieht sie ein anderes Gesicht aufstrahlen. Die Tür wird ganz aufgerissen und Alecha hängt an einem groß gewachsenen Männerkörper. „Alecha! Endlich! Ich habe lange auf dich gewartet!" Benjamins Freude ist greifbar. Der riesige Kerl scheint Alecha scheinbar zu zerdrücken. Aber Alecha verhält sich nicht anders.

Mit ihren Beine um seine Hüfte geschlungen, hängt sie an ihm wie ein kleines Äffchen. Sie küssen und liebkosen sich stürmisch. Sie haben anscheinend vergessen, dass sie nicht alleine sind. Agnes wartet ab und räuspert sich schließlich lautstark.

„Wer sind die beiden, die mit dir gekommen sind?" Benjamins Frage, flüsternd, schnaufend, dringt in den Mund Alechas. Zuerst reagiert sie nicht. Sie ist so mit dem Kerl beschäftigt und kann gar nicht mehr von ihm ablassen. Sie will Dinge mit ihm tun, die nicht mehr jugendfrei sein werden! Er fragt sie noch einmal und drückt sie etwas von sich ab. „Äh... was hast du...?", Alecha ist komplett durch den Wind und seine wiederholte Frage: „Willst du uns nicht vorstellen?" holt sie nun doch in die Gegenwart zurück. „Meine Güte!" Sie hat ihre Freundin ganz vergessen! „Benjamin, das ist Agnes und ihr Sohn Christopher! Dürfen wir hineinkommen? Wir haben ein großes Problem!" Benjamin hat Alecha auf den Boden gestellt und hält nun die Tür für alle weit auf. „Agnes, ich bin Benjamin!", stellt er sich nun selbst vor. Alecha scheint die

Manieren der Erde von ihrem Planeten nicht instruiert bekommen zu haben. Der Mann sieht auf Christopher, der ihn mit seinen großen blauen Kulleraugen betrachtet. Plötzlich fängt er zu glucksen an. Benjamin sieht zufrieden auf das Baby und hält ihm den Zeigefinger hin. Sofort packt das kleine Kerlchen zu und lässt nicht mehr locker. Wenn ihr Christopher Gefallen an dem Bauern findet, kann er nicht schlecht sein, denkt sich Agnes und folgt Alecha, mit Benjamin in die schöne Stube.

„Wir sind aus dem Dorf von Agnes geflohen. Die Bewohner haben sie einstimmig aus ihrem Wohnort vertrieben. Jetzt suchen wir eine neue Bleibe und da dachte ich, dass wir vielleicht hier bleiben dürfen?" Alecha sieht Benjamin ernst an. „Natürlich dürft ihr vorerst bleiben!" Ganz will er sich nicht festlegen. Er ist lange alleine gewesen und ist es gewohnt, tun und lassen zu können, wie er es will. Alecha nickt zufrieden. Agnes fügt hinzu: „Vielleicht können wir dir im Haushalt und bei den Tieren helfen? Alecha hat erzählt, dass du einige Tiere zu versorgen hast?" Benjamin nickt. Es wäre tatsächlich eine gute Idee. Er guckt sich um. Es ist nicht besonders aufgeräumt hier. Eine helfende Hand wäre wirklich vonnöten! „Also gut! Ihr könnt hier bleiben!" „Danke, danke Benjamin!" Alechas Überschwang ist ihr selbst nicht mehr geheuer. Sie fühlt sich schon fast wie ein richtiger Mensch!

„Warum seid ihr eigentlich von dem Dorf verwiesen worden?" Diese eine Frage beschäftigt Benjamin. Alecha hat gewusst, dass sie etwas vergessen hat. Warum ist sie so vergesslich? Es ist nicht üblich, dass der Geist von Oleandros irgendetwas vergisst. Niemals! „Entschuldige, ich habe dir das vorenthalten. Als ich im Dorf von Agnes angekommen bin, haben die Kalaner mit ihren Raketen angegriffen. Ich habe ihnen von meiner Mission erzählt, was sie mir nicht geglaubt haben. Aber dann mussten sie es einsehen, dass es doch stimmen muss und haben beschlossen, dass es für sie sicherer ist, wenn Agnes, Christopher und ich von dort verschwinden." „Stopp! Wer sind die Kalaner und von welcher Mission redest du nur?" Benjamin unterbricht den Redefluss Alechas. „Meine Mission ist es, Christopher vor den Kalaner zu schützen. Er ist der auserwählte Mensch, der die Erde vor dem Krieg mit den Außerirdischen schützen soll. Aber bis dahin muss ich dafür sorgen, dass er am Leben bleibt, bis er dazu imstande ist."

„Von welchem Krieg reden wir?" Benjamin versteht nur Bahnhof. „In der nahen Zukunft wird die Erde von Mächten anderer Planeten angegriffen. Christopher wird die Erde vor diesen schützen. Er wird die Menschen erfolgreich anführen!" Benjamin sieht zu Agnes. Seine Zweifel stehen ihm sprichwörtlich auf der Stirn geschrieben. „…und du glaubst dies alles?" Agnes zuckt gelassen mit den Schultern. „Ich muss es glauben, oder lasse es bleiben. Aber wir wurden unterwegs auch angegriffen. Die Geschosse sind direkt neben uns eingefahren. Du kannst dir denken, dass ich Angst gehabt habe. Es geht um das Leben meines Sohnes!" Benjamin glaubt Agnes. Die Angst ist spürbar. Die Tränen sind echt. Er seufzt. „Wer sagt mir, dass ihr und auch ich hier sicher sind?!" Es ist eine berechtigte Frage. Seine und Agnes' Augen sind auf Alecha gerichtet. „Ich werde einen

Sicherheitsschirm über dein gesamtes Haus und über die Felder schmieden! Da kann uns keiner entdecken. Einzig, wenn wir einkaufen, dann muss ich extra dafür ein Energiefeld aufbauen. Aber das ist keine schwierige Aufgabe. Energie über große Flächen werden einige Tage in Anspruch nehmen. Mein Geist braucht dafür riesige Mengen an Kraft!"

„Was passiert bis zum kompletten Schutz?" Benjamin ist zurückhaltend. Er will keinen Ärger auf seinem Hof! „Agnes, Christopher und ich bewegen uns zurzeit unter einem Kraftfeld, das niemand durchleuchten kann. Du bist noch nicht auf dem Radar der Kalaner, weil sie nicht wissen, dass wir hier sind." Benjamin ist erleichtert. Dennoch ist es nur eine Frage der Zeit, befürchtet er. Irgendwann werden diese außerirdischen Kriegsmänner sie sehen und dann Gnade ihnen Gott! „Wann beginnst du mit diesem allumfassenden Energiefeld?" „Heute! Mein Körper ist müde und muss sich vorerst ausruhen. Dann kann ich beginnen. Auch muss ich zwischendurch Pausen einlegen. Ich habe noch nicht herausgefunden, warum mein Geist von meinem Körper abhängig ist. Wenn sich mein Geist anstrengt, ist mein Körper schnell erschöpft. Dann habe ich keine vollständige Konzentration mehr!"

„Ihr könnt das Gästezimmer beziehen! Müsst ihr in unmittelbarer Nähe bleiben? Sonst habe ich noch ein zweites Gästezimmer." Benjamin ist aufgestanden. Er hat sich das mit Alecha und ihm anders vorgestellt. Als er sie kennen gelernt hat, war die Welt voller Aufregung. Sie hatten fantastischen Sex und er hat sich wahnsinnig über sie gefreut. Er konnte sich sogar vorstellen, dass er sie für immer bei sich haben wird. Aber jetzt? Jetzt scheint seine ganze Existenz auf dem Spiel zu stehen. Außerirdische scheinen die Frauen mit dem Kind zu bedrohen. Wenn Alecha keinen lückenlosen Schirm über sein Hab und Gut ziehen kann, war es das? Irgendwie bereut er schon, dass er sich einverstanden erklärt hat, sie für eine unbestimmte Zeit aufgenommen zu haben.

„Wir sollten zusammen bleiben! Ich kann einen großzügigeren Schirm über uns ziehen, damit wir nicht immer aufpassen müssen, wo der andere ist." Benjamin ist es jetzt egal, was sie macht. Hauptsächlich er hat nichts damit zu tun und geht hinaus. Seine Tiere wollen gefüttert und versorgt werden! Alecha ist traurig. Dass sie zu solchen Gefühlen fähig ist, überrascht sie einmal mehr. Aber sie hat eine Aufgabe zu erledigen und bastelt an dem vorhandenen Schirm, in dem sich Agnes mit ihrem Sohn und sie befinden. Sie will ihn geschmeidiger machen. Er kann sich somit geringen Entfernungen anpassen. „Wir müssen nicht in einem Zimmer schlafen. Ich habe die nötigen Anpassungen gemacht." Agnes scheint erleichtert zu sein. Auch sie braucht ihre Ungestörtheit und zieht sich zurück. „Agnes?" Alecha muss sie noch instruieren und hält ihre neue Freundin zurück. „Ja?" „Ich ziehe mich zurück und fange an. Ich werde nicht ansprechbar sein und ich brauche weder etwas zu trinken, noch zu essen. Bitte störe mich nur bei dringenden Fällen! Bitte, denke daran!" Alecha sieht sie beschwörend an. Agnes legt ihr beruhigend den Arm auf die Schulter. „Keine Angst! Ich werde dich nicht stören.", sprachs und geht hinaus. Die Tür fällt leise ins Schloss.

Alecha legt sich auf das weiche Bett. Es ist ungewohnt. Die Matratze im LKW ist durchgelegen und unbequem gewesen. Diese hier ist wirklich angenehm für den Körper. Sie ruckelt sich zurecht und schließt die Augen. Ihr Geist übernimmt die Kontrolle. Blitze begleiten ihr Tun. Dass ihr Körper die handwerkliche Tätigkeit übernimmt, nimmt sie nur am Rande wahr. Ihr Geist konzentriert sich auf das Gebilde. Es muss dicht und undurchdringlich werden. Es muss auf Jahre hinaus stabil bleiben. Kein Gewitter, oder sonstige elektrischen Ladungen in der Atmosphäre dürfen es beschädigen. Ihre Arme scheinen unsichtbares Gewebe zu verflechten. Immer wieder nimmt sie ungewollt die Beine mit. Ihr ganzer Körper ist aktiv an der Formung eines brauchbaren Schildes beteiligt, das Benjamins Hof und Felder vor Unbill aus dem All schützen soll. Dementsprechend schnell ist Alecha erschöpft. Sie schläft ein. Der Schild steht am Anfang und kann jederzeit von außen demontiert, oder zerstört werden.

Nach einiger Zeit wacht sie auf. Sie hat etwas gehört. Agnes steht bei ihren Füßen und massiert sie. „Deine Füße! Sie sind so dick und geschwollen gewesen! Ich dachte ein kühler Umschlag und eine kleine Massage tun dir gut?" Alecha sieht orientierungslos auf ihre Freundin. Momentan erkennt sie sie nicht. Aber sie lässt die Tätigkeit an ihr zu. Es tut ihr gut. Die Kühle vertreibt die Müdigkeit und sie fühlt sich schon wieder wesentlich besser. Ihr Geist scheint die Frau langsam, aber sicher wieder wahrzunehmen. „Danke Agnes! Das hat sehr gut getan!", lobt sie. Agnes lächelt erfreut. „Wie geht es voran?" „Bis jetzt ist es noch sehr zerbrechlich! Aber ich muss weitermachen! Bitte verlass mich wieder!" Ohne ein weiteres Wort geht Agnes hinaus. Sie wird später nach Alecha sehen. Dass sie sie alleine lassen soll und auf keinen Fall stören, bringt sie nicht übers Herz. Sie wird sehen...

Alechas Augen drehen sich erneut nach innen. Ihr Geist übernimmt die Oberhand. Die Blitze werden gezielt durch die Luft geführt. Es ist eine erlernte Gabe. Ihr Meister war gut in seinem Tun. Jahrelange Übung mit ihm, hat sie selbst zu einer Meisterin gemacht. Kleine Schirme kann sie ohne Anstrengung weben. Aber diese Größe, die jetzt vonnöten ist, hat sie noch nie gesponnen. Es verlangt ihr sehr viel ab. Noch dazu scheint ihr Körper im vollen Einsatz zu sein. Er macht es von sich aus… oder? Sie hat keinen Einfluss darauf. Sie kann den Geist nicht dazu aufwenden, dass ihr Körper ruhig bleibt. Es mutet aber an, dass er mithelfen will. Dementsprechend wird sie schnell müde. Ihr Körper ist schon wieder total erschöpft. Sie schläft ein. Der Schirm hat inzwischen brauchbare Formen angenommen.

Agnes wiederholte Blicke in den Raum hat Alecha nicht wahrgenommen. Sie ist zu sehr mit ihrer Aufgabe verwickelt. Ihr Geist ist auf eine Mission fokussiert und nimmt die Umgebung nicht wahr. Agnes sieht, dass die zuckenden Gliedmaßen Alechas langsam, aber sicher, träge werden. Sie macht sich Sorgen. Es ist ja nicht so, dass Alecha nur eine Außerirdische ist. Sie hat auch einen Körper, der gefüttert werden muss! Diese hart arbeitende Frau muss genährt werden, sonst bricht sie zusammen und alles ist umsonst gewesen!

Agnes balanciert ein Tablett mit kräftigenden Speisen herein. Sie stellt es auf einem Tischchen ab und setzt sich in den gemütlichen Polstersessel daneben. Sie muss abwarten, bis Alecha wieder als Mensch agiert. Fasziniert guckt sie den ruckenden und zuckenden Bewegungen der Beine und Arme zu. Sie scheinen etwas zu weben... spinnen... stricken... sticken...? Als würden sie den Schutzschirm zusammenfügen. Über eine Stunde scheint der Köper Alechas zu arbeiten, dann sackt er zusammen und liegt still. Agnes glaubt, dass Alecha jetzt eine halbe Stunde ruhen wird, bis sie aufwacht. Inzwischen kann sie ja die geschwollenen Knöchel kühlen und massieren. Sie holt die nötigen Utensilien und macht sich an die Arbeit. Als Alecha aufwacht, lässt sie sich nicht beirren. Sie weiß, dass der Geist sie nicht erkennt und wartet ab. „Agnes! Aaah... das ist gut!", stöhnt Alecha. „Aber du musst dies nicht machen!" „Ach was! Du musst unbedingt Nahrung zu dir nehmen! Dein Körper verlangt es. Er bricht zusammen, wenn du ihm keine Kraft gibst!", verlangt Agnes. Sie eilt an den Tisch und holt das Tablett. Sie fängt an, Alecha, wie ein kleines Kind, zu füttern. Tatsächlich fühlt sich Alecha nach einigen Löffeln Fruchtmüsli wesentlich besser. Sie greift nach dem schwarzen Brot und beißt ab. Sie hat einen regelrechten Heißhunger! Sie kann sich erinnern, dass sie mit Benjamin am Tag Essen zu sich genommen hat. Anscheinend braucht ihr Körper dies. Sie beißt an einer Karotte ab. Agnes hat sich wirklich Mühe gegeben. Es tut ihr gut. Seufzend legt sie sich wieder zurück. Ihr Körper ist noch nicht soweit. Aber sie kann keine Rücksicht auf ihn nehmen. Sie denkt über ihre angefangene Arbeit nach. Vielleicht soll sie in kleineren Dimensionen denken... zuerst nur das Haus und später, wenn sie wieder fit ist, die dazugehörigen Felder? Es macht Sinn. Ihr Körper schafft es sonst nicht. Aber sie fühlt, dass auch ihr Geist leicht überfordert ist. Es ist eine Monsteraufgabe! Sie hat sich anscheinend zu viel zugemutet...

Sie arbeitet weiter. Es geht schneller. Ihr Körper hat die Reserven wieder aufgefüllt. Sie kommt zügig voran. Bis zum nächsten Morgen hat sie das Haus, ohne den Stall der Tiere, fertig. Jetzt kann sie sich erstmal ausruhen. Zufrieden schläft sie ein. Ihr Körper rollt sich wie ein Embryo ein. Agnes schließt die Tür leise hinter sich. Alecha scheint in einen tiefen Schlaf gefallen zu sein. „Alecha schläft jetzt tiefer. Ich denke, dass sie einen großen Teil des Schirmes fertig gestellt hat. Wir dürfen sie jetzt auf keinen Fall stören!" Agnes sitzt bei Benjamin in der Küche, die jetzt blitzblank ist. Benjamin nickt. Er kann sich noch immer nicht vorstellen, was an der Geschichte wahr ist, oder nicht. Klar, er hat Alecha nackt auf seiner Wiese gefunden. Sie scheint vielleicht wirklich eine Außerirdische zu sein. Aber ist das Ganze drumherum nicht doch nur ein Wahnsinn? Er muss auf der Hut sein und abwarten. Inzwischen turtelt er mit dem kleinen Wonneproppen herum, der der einzige Lichtpunkt in dem ganzen Tohuwabohu ist. Christopher scheint der einzig Wahre in dem irren Zirkus zu sein!

Millionen von Jahren

Nach einem ganzen Tag des Schlafes steht Alecha auf. Sie weiß, dass noch viel Arbeit vor ihr liegt. Aber sie will Benjamin sehen. Sie findet ihn nicht im Haus und überlegt, ob sie ihn vielleicht im Stall findet. Agnes ist mit Christopher im Haus in Sicherheit. Ohne weiter nachzudenken, geht sie forschen Schrittes hinaus. Eine Rakete schlägt neben ihr ein, als sie auf halben Weg zum Stall ist. „Alecha!" Benjamin schreit erschrocken nach der Frau, die er wieder so haben will, wie er sie einmal gefunden hat. „Benjamin, bleib wo du bist!", brüllt sie schrill. Er bleibt wie erstarrt stehen und muss mitansehen, dass eine zweite Rakete direkt vor ihr einschlägt. Dreck spritzt in einer hohen Fontäne auf. Er kann sie nicht mehr sehen! „Alecha!", flüstert er gepeinigt. Er sieht ein großes Loch vor sich und will sich selbst hineinstürzen, um sie zu retten. „Bleib!", hört er sie, als er sich dazu bereit macht. Erleichtert, ihre Stimme doch noch zu hören, verharrt er stumm. Seine Angst gilt jetzt ausschließlich der Frau.

Alecha zieht den Schirm enger an sich. Die zweite Rakete hat ihr gezeigt, dass sie zu nachlässig agiert hat. Jetzt ist sie wieder unauffindbar. Warum wird sie ins Visier genommen? Ist vielleicht sie das Ziel? Warum? Was hat sie, was für die Kalaner gefährlich ist? Sie ist als eine neutrale Energie entsendet worden! Sie kann es sich zurzeit nicht erklären. Sie beugt sich vor und der Mageninhalt bricht aus ihr heraus. Es ekelt sie. Warum ist ihr Körper so labil? Sie ist ängstlich und innerlich aufgewühlt. Was ist mit ihr passiert? Hat sie die Arbeit für das große Energiefeld so geschwächt? Aber nein! Sie hat sich fit gefühlt, als sie nach Benjamin gesucht hat. Sie hat keine Erklärung für diese plötzliche Diskrepanz.

„Alecha, bist du verletzt?" Benjamin hat sie in den Arm gerissen. Ihr Schirm hat ihn aufgenommen. Sie klammert sich hilflos an ihn. Er ist ihr Ruhepol. Sie kann sich auf ihn verlassen. Ihr Körper kann sich auf ihn verlassen. Er trägt sie zurück ins Haus. Agnes eilt ihnen entgegen.

„Alecha! Was hast du dir nur dabei gedacht!", schimpft sie mit ihr. „Ich wollte mit Benjamin sprechen." „Aber du darfst dich nicht in Gefahr begeben! Denk an Christopher!", erinnert Agnes sie. Alecha lässt zerknirscht den Kopf auf Benjamins Brust sinken. „Kommt, ich habe das Essen fertig. Setzt euch!", unwirsch verteilt Agnes die gefüllten Teller.

„Ich glaube, die Kalaner haben es auf mich abgesehen!", meint Alecha leise. „Warum?" „Ich weiß es nicht! Ich fühle mich so unzulänglich!" „Kannst du nicht Kontakt zu den Deinen aufnehmen? Vielleicht wissen sie mehr?" Alecha schüttelt den Kopf. „Nein... zu gefährlich. Das gibt den Kalaner die Möglichkeit noch genauer zu treffen. Dann ist alles umsonst!" „Denk nach Alecha! Was kann es sein, dass du das Ziel bist!" Agnes gibt nicht nach. „Was ist deine Mission? Denk nach!" Alecha runzelt die Stirn. Ihr fällt nichts Brauchbares ein. „Meine Mission ist es den Auserwählten bis zu seiner Mission zu schützen!", meint sie pappig. Sie hat genug. Sie ist müde. „Warum muss es Christopher sein?" Agnes bleibt hartnäckig und sieht Alecha mit hochgezogenen Augenbrauen arrogant an. „Häääh…? Weil es Christopher ist!", beharrt Alecha unbeirrt. „Woher hast du die Gewissheit… Klarheit… Sicherheit?" Alechas Hirn fährt Achterbahn. Ja… woher? Woher weiß sie, dass Christopher die Mission ist? Sie weiß es nicht! Verdattert, ob ihrer Unkenntnis starrt sie, ihr Hirn zermarternd, geradeaus. „Ich weiß es wirklich nicht!" Ihre Stimme ist leise und niedergedrückt.

„Jetzt bleibst nur du übrig. Was bist du, oder was hast du, was die Kalaner zerstören wollen?" Agnes ist ungeduldig. Alecha ist wie eine Schwangere, die ständigen Hormonschwankungen ausgesetzt ist. Dann fällt der Groschen bei ihr. „Du bist schwanger, Alecha!" Alecha sieht Agnes an und lacht aus vollem Halse. „Du bist verrückt! Ich bin eine Außerirdische! Ich kann nicht schwanger werden!" Sie sieht Benjamin an, der sie jetzt interessiert, aber doch etwas entsetzt ansieht. Er rechnet nach. Es könnte hinkommen. Aber er ist sich nicht sicher, ob er der Einzige gewesen ist, oder nicht. „Natürlich kannst du schwanger werden! Du hast einen

Frauenkörper mit allem Drum und Dran. Dein Geist macht alle Stimmungsschwankungen durch und du hast schon mindestens zweimal dein Essen erbrochen!", zählt Agnes triumphierend auf. „Sieh dich an! Deine Brüste tun dir weh, weil sie praller geworden sind. Dein Körper ist nicht lange belastbar. Du musst dich ständig ausruhen…", zählt sie an einer Hand auf. „Wenn du dich im Spiegel betrachtest, wirst du sehen, dass dein Bauch nicht mehr straff ist!" Agnes ist ernst geworden. „Du bist es, der den Erlöser der Erde auf die Welt setzen wird, Alecha! Wenn du Gewissheit brauchst, wird dir Benjamin einen Arzt holen, oder dich zu einem hinbringen müssen." Alecha ist nahe am Durchdrehen. Alles was Agnes gesagt hat, ist eingetreten. Sie ist schwanger? Schwanger! Meister, warum ich?!

Panisch sieht sie Benjamin an. „Es ist von mir, nicht wahr?" Sie nickt. „Wenn es nach den Naturgesetzen der Erde geht, kann es nur von dir sein.", knurrt sie ungehalten. Er seufzt auf. Der Schock sitzt tief. Was wird das werden? Eine Lichtkugel? Halb Mensch, halb Energie?

Er setzt sich gerader auf und zieht Alecha zu sich. Stumm legt er einen Arm um sie und drückt sie sanft an seinen Brustkorb. Alecha legt den Kopf ab und seufzt wohlig auf. Dennoch hat sie noch so viel zu tun! „Ich muss das Energiefeld erweitern. Zurzeit sind wir nur im Haus geschützt. Hier ist der Schirm fertig. Der nächste wird zum Stall und der näheren Umgebung erweitert." Sie bricht ab und will aufstehen. „Moment mal! Gerade haben wir eine bahnbrechende Erkenntnis gewonnen und schon willst du uns jetzt hier sitzen lassen?" Sie will sich nicht lösen. Der warme Körper, der sie umfängt, lockt sie. Sie hebt das Gesicht, um sich nur einen Kuss zu stehlen.

Agnes räuspert sich. „Also…, wenn ich das richtig verstanden habe, dann sind wir alle im Haus geschützt?" Alecha sieht zu ihrer Freundin hinüber und nickt. „Richtig. Nur im Haus. Du kannst hinausgehen, wenn du mich vorher unterrichtest. Denn dann muss ich den Schirm über dir festigen. Jeder einzelne kann raus. Niemals mehrere auf einmal." Agnes nickt zufrieden. „Ja, dann lass es dir gut gehen und mach jetzt erst einmal Pause und kuschelt!" Alecha ist perplex.

Das ist mal eine Ansage! Sie denkt nach. Sehnsüchtig blickt sie nach oben in Benjamins Augen. Auch Benjamin hätte nichts gegen eine Kuschelzeit! Er steht auf und streckt ihr auffordernd die Hand entgegen ...und sie nimmt sie ohne zu zögern an. Gemeinsam gehen sie in sein Schlafzimmer. Mit einem Kick fällt die Tür in ihr Schloss.

„Alecha, ist das alles wahr, was du bei der Ankunft mir alles erzählt hast? Wir werden Krieg haben? Die Außerirdischen stehen vor unserer Galaxie? Ich krieg das einfach nicht auf die Reihe! Das ist ja alles wie in einem Science-Fiction Film!" „Leider ja, Benjamin! Aber ich werde alles dafür tun, dass dies nicht passieren wird! Mein Planet Oleandros wird sein Möglichstes tun, um die Kalaner für die nächsten Jahre von deinem Planeten fernzuhalten, bis unser Sohn soweit ist." „Zu was genau soll unser Sohn fähig sein?" „Er wird die Kalaner besiegen," Ihre schlichte Antwort beruhigt ihn nicht wirklich. Bis der kleine Junge ein erwachsener Mann ist, ist die Erde zerstört! Es dauert Jahrzehnte, bis ihr Sohn etwas tun kann! Benjamin schüttelt ungläubig den Kopf. Er kann dies alles nicht fassen. Will er in dieser Welt des Glaubens eines möglichen Krieges mit galaktischen Kriegern leben? Oder soll er Alecha mit ihrem, nein auch seinem Sohn wegschicken und in Ruhe sein Leben weiterleben? Er weiß es nicht. Verzweiflung macht sich bei ihm breit. Sein Arm legt sich über seine Augen und er dreht sich von ihr weg.

Alecha hat ihn beobachtet. Sie kann nachvollziehen, was er jetzt durchmacht. Seine Existenz ist soeben auf den Kopf gestellt worden. Sie lässt ihn in Ruhe. Er muss mit seinen Gedanken alleine klar werden. Dabei kann sie ihm wirklich nicht helfen. Sie steht auf und geht in ihr Zimmer. Ihre Pflicht gegenüber den Menschen, die geschützt werden müssen, ruft. Sie verliert keine Zeit und lässt ihre Energien fließen, die auch bald die Kontrolle über ihren Körper übernehmen. Das Spinnen des Energiefelds geht zügiger voran. Ihr Körper ist gestärkt aus dem Essen hervorgegangen. Die Gliedmaßen weben Blitz für Blitz. Die Energie liefert sie laufend über den Kosmos. Alecha überlässt sich ihrem Schicksal und das Gebilde nimmt Formen an. Nach endlos langer Zeit scheint nichts mehr zu gehen. Vor allem die Beine lassen nach. Sie sind schwer geworden. Alecha muss eine Pause einlegen.

Sie öffnet die Augen. Agnes sitzt nahe bei ihr und hält sich bereit. „Hi." Alecha lächelt. Ihre Freundin ist wirklich eine gute Seele. Sie werkelt schon an ihren müden Beinen. Kalte Umschläge und eine wohltuende Massage stärken Alecha. Stöhnend überlässt sie sich den magischen Händen. „Ich dachte, du kuschelst mit Benjamin!" Agnes' fast vorwurfsvoller Ton trifft Alecha mitten ins Herz. Sie erinnert sich, dass er sich von ihr weggewandt hat. Seine Haltung war voller Zweifel. Zweifel von was, hat sich ihr nicht so ganz erschlossen. Sie will ihm seine Zeit des Nachdenkens gewähren. Sollte er sie wegschicken, dann…

Alechas Tränen bringen Agnes zu sanfteren Worten. „Er ist überfordert, Alecha! Gib ihm die Zeit, darüber nachzudenken. Er ist auch nur ein Mensch! Wir wissen nichts davon, was außerhalb der Erde geschieht. Wir wissen nicht einmal, was auf der Erde so alles geschieht. Wir Menschen sind wirklich nur in unserer kleinen Blase gefangen! Traurig, nicht wahr?" Alecha sagt kein Wort. Sie hört aber aufmerksam zu. Die Menschen der Erde sind total unwissend. Sie sind ungeschützt gegenüber außerirdischen Feinden. Was haben sie in den Millionen von Jahren, seit der Entstehung der Erde, nur gelernt?

„Ich muss weitermachen, Agnes! Danke für die Kühlung und Massage der Beine!" „Immer wieder gerne! Ich bin wieder da, wenn du aufwachst." Alecha bereitet sich auf den Energiefluss vor und schon ist sie mitten in dem Spinnen des Feldes. Agnes sieht ihr eine kleine Weile zu und steht seufzend auf. Sie muss Christopher füttern.

Benjamin wacht auf. Er ist erschöpft eingeschlafen, als Alecha ihn verlassen hat. Ruhig liegt er da. Gerne würde er glauben, dass er schlecht geträumt hat. Aber er weiß, dass es die Wahrheit gewesen ist. Er muss sich dem stellen, ob er will, oder nicht. Er muss Alecha vertrauen, wenn sie sagt, dass sie ihn und seine Existenz schützt. Alecha trägt ein Kind von ihm unter ihrem Herzen. Eigentlich müsste er sich freuen. Aber er weiß nicht, was er von all dem halten soll. Sie ist kein Mensch. Aber sie sieht wie eine Frau aus, seine Frau. Sie fühlt sich auch so an. Sie hatten fantastischen Sex. Er lächelt. Es war wirklich phänomenal. Er springt aus dem Bett und seine Gedanken kreisen nur um das eine. Alecha. Er will sie. Er will das Kind. Er will Vater sein. Egal was, oder wer sie ist.

Entschlossenen Schrittes geht er in die Küche, wo er Agnes mit Christopher vorfindet. Lächelnd beobachtet er Mutter und Kind. Ein toller Junge... Immer wenn sie ihm einen Löffel voll des Breies in den Mund schiebt, kommt die Hälfte wieder heraus. Benjamin lacht. Agnes dreht sich um und sieht ihn lächelnd an. „Er spuckt!" „Willst du es auch versuchen?", ermuntert sie ihn. Diese Gelegenheit lässt er nicht verstreichen. Er nimmt die Schüssel und den Löffel in die Hand und sieht den kleinen bekleckerten Kerl grinsend an. Entzückt beobachtet er, als die Winkel des zahnlosen Mundes sich heben. Die Beinchen fangen an zu strampeln. Die Hände fuchteln vor der Nase Benjamins herum. „Du bist sehr energisch, wenn es um das Füttern geht, nicht wahr!", fragt Benjamin den kleinen

Kerl, der schon selbstständig in einem Hochstuhl sitzt. Gestern erst, hat Benjamin stolz den Stuhl in das Haus gebracht, als er ihn fachmännisch im Stall gezimmert hat. Vorsichtig löffelt er dem kleinen Kind den Brei in den Mund. Dann probiert er selbst einen Löffel. Christopher sieht ihn mit großen Augen überrascht an. Dann gluckst er und zappelt wieder mit Armen und Beinen. „Das schmeckt!", stellt Benjamin klar und füttert den hungrigen Kleinen weiter.

Stromschlag

Benjamin überlässt Agnes wieder ihren Sohn. Er will zu Alecha. „Du darfst sie nicht stören, während ihres Schaffens! Setz dich einfach in den Stuhl und warte ab. Wenn sie die Augen öffnet, dann kühle ihre Beine und massiere sie sanft. Es tut ihr gut!" Benjamin betritt das Gästezimmer mit einem Eimer kalten Wasser. Etwas verstört muss er mitansehen, wie Alecha mit ihren Gliedmaßen scheinbar herumturnt. Ihre Augen sind weit aufgerissen. Ihre Augäpfel verdrehen sich zuckend. Sie sind ständig in Bewegung. Es sieht grausam aus. Am liebsten würde er eingreifen. Es sieht abartig aus. Als würde sie Schmerzen erleiden! Ist das gut für ihr Kind? Er nähert sich argwöhnisch und greift sanft auf ihre Schulter, als wolle er sie aus dem barbarischen Kampf mit imaginären Krieger reißen. Sobald er sie berührt, durchläuft ein höllischer Schmerz durch seinen Körper hindurch, als wäre er in eine Hochspannungsleitung hineingeraten! Sein mächtiger Körper wird durch den Raum geschleudert. Sein Kopf stößt an die Kante des Tisches und er bleibt regungslos liegen.

Alecha hat von all dem nichts mitbekommen. Sie hat eine etwas ungewöhnliche Anspannung gespürt, aber davon gibt es laufend welche. Sie macht unbeirrt weiter, bis zum nächsten Kräfteverlust ihrer Handwerkzeuge. Ihre Gliedmaßen fallen völlig nutzlos in sich zusammen. Still bleibt sie liegen. Ihre Augen fallen zu und sie fällt in ihre absolute Ruhephase.

Agnes hat den dumpfen Knall gehört. Was ist passiert? Sie muss Christopher in Sicherheit bringen und baut eine Barriere aus Sesseln, Polstern und Decken auf, damit er nicht davonkrabbeln kann. Sie legt ihn auf eine kleine Matratze auf den Rücken und überlässt ihn sich selbst. Neugierig sieht sie in das Gästezimmer von Alecha. Sie ist jetzt in der Ruhephase.

Dann entdeckt sie Benjamin. Mein Gott! Was ist mit ihm passiert? Sie kniet sich zu ihm auf den Boden und rüttelt ihn leicht an der Schulter. „Benjamin!", flüstert sie leise. Ächzend rührt er sich. Brummend greift er sich an den schmerzenden Kopf, wo eine große, sich bereits blau färbende Beule, deutlich sichtbar wird. Orientierungslos guckt er sie an. Agnes verschwimmt vor seinen Augen. Stöhnend macht er sie wieder zu. „Benjamin, was ist passiert?" Er öffnet sie wieder. Die Sicht wird klarer. „Ich weiß nicht. Ich habe Alecha nur berührt und schon bin ich durch die Luft geflogen." Agnes schüttelt mahnend den Kopf. „Du darfst sie während dieser Phase nicht angreifen. Das kann dir das Leben kosten! Komm, steh auf." Agnes schafft es nicht, Benjamin aufzurichten und lässt ihn am Boden. An die Wand gelehnt, noch etwas verwirrt, sieht er ihr zu, wie sie Alecha die Beine kühlt und massiert. Dann verlassen Benjamin und Agnes das Zimmer.

Benjamin ist verwirrt. Der Stromschlag ist hart gewesen. Er sieht seine Finger an, die Agnes and er Schulter berührt haben. Er hat Glück gehabt. Sie sind in einem kräftigen rot gefärbt und brennen. Das heilt wieder. Es wird ihm erst jetzt bewusst, was Alecha hier leistet. Sie scheint sie wirklich vor Gefahren schützen zu wollen. Seine Unzulänglichkeit und vor allem seine

Dummheit wegen seiner anfänglichen Ungläubigkeit, lassen ihn ganz klein werden. „Was kann ich tun?" Er spricht mehr zu sich. Aber Agnes hat ihn gehört. Du kannst sie zwischendurch abkühlen. Ihre Beine massieren. Sie schwellen unglaublich an. Du kannst sie halten, wenn sie erschöpft ist. Aber komm ihr nie mehr zu nahe, wenn sie bei der Arbeit ist." Bei Arbeit macht sie Apostrophe in der Luft. Benjamin nickt. Er macht das gerne. Seine Tiere können sich notfalls ein paar Tage ohne ihn versorgen. Er wird sich später um sie kümmern.

Vorsichtig öffnet er die Tür, als fürchte er, ein weiterer Stromschlag würde ihn heimsuchen. Alecha ist wach und lächelt ihn schwach an. „Hallo Benjamin!" Er eilt an ihre Seite und streichelt sie zärtlich über die feuchte Stirn. Zart küsst er sie auf den Mund. „Wie geht es dir?" „Ganz gut. Der Schirm erstreckt sich jetzt bis zu den Tieren und ihrem Gehege davor!" Er lächelt. „Das heißt, wir können jetzt gefahrlos vom Haus zu den Tieren gehen?" Sie nickt. Kurz entschlossen hebt er sie hoch und trägt sie hinaus. „Hey! Wohin trägst du mich?" „Du brauchst etwas zu essen! Dein Körper braucht viel

Kohlenhydrate. Unser Baby hat Hunger!", fügt er noch ernst hinzu. Dazu kann sie nichts sagen. Aber sie lässt zu, dass er seinen Willen durchsetzt, denn sie weiß, dass sie mit zugefügter Nahrung besser arbeiten kann.

Benjamin ist wirklich ein fürsorglicher Mann. Er holt einen Eimer kaltes Wasser und lässt ihre Füße darin baden. Wohlig seufzt sie auf. Sie wackelt mit den Zehen und bewegt die Beine auf und ab. „Komm, nimm sie wieder heraus. Ich massiere sie jetzt!" Benjamin holt ein Bein nach dem anderen auf seinen Schoß, wo er ein Handtuch ausgebreitet hat. Kichernd zuckt sie zurück „Das kitzelt!" Lächeln rubbelt er weiter. Dann fängt er an, einen Fuß fest durchzukneten. Punkt für Punkt. Dabei ist er nicht besonders zurückhaltend. Alecha beißt die Zähne zusammen. Es schmerzt, aber nach einer Weile löst sich der Schmerz wunderbar auf und Wohlbehagen dehnt sich aus. „Wie lange wirst du noch brauchen?" „Einen Tag noch! Dann sind die wunderschönen Wiesen für uns frei!" Benjamin nickt zufrieden. Diese Frau hat sich Ruhe verdient. Einen Tag gewährt er ihr noch. Dann muss sie sich auf ihre Schwangerschaft besinnen!

Begrüßung mit Paukenschlag

Alecha hat genau einen Tag gebraucht, dass sie mit ihrem allumfassenden Schutzschild fertig geworden ist. Ihre neu gewonnene Freiheit verbringt sie auf der bunt blühenden Wiese. Sie hat Christopher mitgenommen, damit Agnes sich ausruhen kann. Christopher quietscht vor Vergnügen und rupft die Blüten von den Blumen. Alecha muss lachen. Er ist zu goldig. Plötzlich hält sie inne… Sie hat einen Tritt in ihrem Bauch gespürt. Mit großen Augen guckt sie an sich hinunter. Noch einmal… Eine kleine Beule wölbt sich schnell nach vorne und zieht sich ebenso schnell wieder zurück. Ihr Baby! Es scheint schnell zu wachsen! Sie legt sich hin und gibt sich ihren Träumereien hin. Sie hat sich die letzten drei Tage um die Sicherheit von Agnes, Christopher, Benjamin und auch ihre gekümmert. Ihr Körper entspannt sich zusehends. Aber das Baby? Hat es gewartet und wächst jetzt schneller heran? Sie weiß es nicht. Sie wird es morgen sehen.

„Da bist du ja!" Benjamin gesellt sich zu ihr. „Alles in Ordnung bei dir?", fragt er und legt sich neben sie, nicht ohne, dass er Christopher auf seinen Bauch legt. Der ruhige Herzschlag und das sanfte Heben und Senken des breiten Brustkorbes schaukelt ihn sanft. Der Kleine schläft sofort ein. „Das Baby strampelt!", verkündet sie strahlend. Er sieht sie ungläubig an. Sie kann noch nicht soweit sein..., oder doch? „Ich denke, dass meine Schwangerschaft nicht so lange dauern wird, wie bei Menschenfrauen. Er nickt. Irgendwie freut er sich auf den neuen Erdenbewohner. Mal sehen, was auf ihn zukommt.

Tatsächlich dauert es genau einen Tag, als sein Sohn sich zur Geburt bereitmacht. Alecha schreit auf. Der Embryo ist über Nacht stark angewachsen und will als ausgewachsenes Baby auf die Welt. Die Schmerzen ihres Körpers sind unvorstellbar. Alecha schreit und schreit. Benjamin ist fassungslos. Gestern war eine etwas größere Wölbung des Bauches erkennbar. Heute? Heute ist sie hochschwanger? Er leidet mit ihr und hält sie fürsorglich an sich gedrückt und eine

Hand ist fest auf ihrem Bauch gepinnt. „Alecha! Wie kann ich dir nur helfen?" „Ich weiß es nicht! Das Baby muss raus! Sonst platze ich!" Soweit ist Benjamin auch schon. Er ist froh, dass Agnes ihnen zur Seite steht. Sie versucht ihr Bestmöglichstes und bereitet Tücher und einen Eimer warmes Wasser vor.

„Ich habe einmal gelesen, dass Wassergeburten sanft sein sollen.", sinniert Agnes. „Alecha, du wirst in der Badewanne entbinden!" Sie weist Benjamin an, Alecha in das angrenzende Badezimmer zu tragen. Sie stöpselt die Wanne zu und reguliert das Wasser zu einer angenehmen Körpertemperatur. „Zieh sie aus und lege sie hinein!" Er folgt ihr aufs Wort. Dann weist sie ihn an, sie fest zu halten, dass sie nicht unter Wasser rutscht. „Wenn du Platz hast, kannst du dich ja auch hineinsetzen, oder nicht?", meint sie. Gesagt… getan. Mit Boxer Shorts setzt er sich hinter der leidenden Alecha, die durch das warme Wasser etwas beruhigt wird. Fest drückt er sie an sich. Alecha schreit auf. „Das tut sooo weh!" Sie kann sich nicht vorstellen, dass die irdischen Mütter so gerne Kinder auf die Welt setzen. Das ist ja grauenhaft! Aber sie muss durchhalten...

„Darf ich?" Agnes steht vor ihr. Sie will nachsehen, ob der Muttermund offen ist. „Hey... ich spüre schon Haare! Das Köpfchen ist schon im Geburtskanal! Alecha drück es hinaus!" Alecha schreit auf. Die Wehen sind sehr heftig. Sie nimmt all ihre Kräfte zusammen und drückt. Der Kopf steckt. „Kannst du nicht ein bisschen Energie einsetzen?", versucht Agnes zu motivieren. Gute Idee! Der Schmerz ist zu heftig. Sie lässt Energie fließen. Der Kopf bewegt sich und sie hat das Gefühl, als zerreiße sie noch mehr. „Mehr Energie! Der Kerl hält das aus! Da bin ich mir sicher!" Sie lässt die Energie fließen und hat Erfolg. „Hör auf! Er ist schon da!" Das Baby flutscht ins Wasser. Blut und Schleim färben die Flüssigkeit zu einer unansehnlichen braunen Brühe. „Scheiße!" Benjamin kann sich nicht zurückhalten. Agnes hat den Kleinen kurz gespült und zieht ihn nun aus dem Wasser.

Die Augen öffnen sich. Glasklares Blau guckt ihr interessiert entgegen. Sofort legt sie ihn auf Alecha, die erschöpft, aber glücklich, dass es vorbei ist, ihre Arme nach ihm ausgestreckt hat. Benjamin muss sich überwinden, nicht aus dem ekelhaften Wasser zu steigen und legt seine Hände auf seinen Sohn, der auf der Brust Alechas liegt. „Unser Sohn!" Andächtig streichelt Alecha über den schon sehr beachtlichen dichten blonden Haarschopf. „Er hat deine Haare!" Benjamin nickt stolz. Ja, das ist sein Sohn!

Plötzlich kracht es. „Mein Gott! Sie haben uns gefunden!" Alecha gibt eilig ihren Sohn an Agnes weiter und steht auf. Benjamin schnellt aus dem Wasser, nimmt Agnes seinen Sohn ab. Inzwischen konzentriert sich Alecha, stocksteif und nackt dastehend, auf das Schild. Ihre automatischen Schutzmechanismen haben nachgelassen, als sie das Baby entbunden hat! Schon wieder schlägt eine Rakete ein. Dieses Mal kracht die Wand hinter ihnen ein. Mauerziegel fliegen umher. Benjamin eilt mit Agnes auf die andere Seite des Raumes. Schützend beugt er sich um seinen kleinen Sohn. „Scheiße, wie lange dauert das noch!", schreit er verzweifelt. Er kann nichts tun.

Er weiß nicht, wo er sich und die anderen in Sicherheit bringen soll!

Die nächste Rakete schlägt ein. Die Decke stürzt auf sie ein und vergräbt sie alle unter sich. „Das war es wohl!" Benjamin glaubt, sein letztes Stündlein habe geschlagen. Er liegt unter dem Schutt von zerbrochenen Ziegelsteinen und Teilen aus den Deckenplatten. Er spürt nichts. Dabei drückt das Gewicht des Schutts auf seinen breiten Rücken. Das Baby ist unter ihm. Er weiß nicht, ob Agnes und Alecha noch am Leben sind. Einzig er und das Baby atmen noch. „Jonas, wir schaukeln das Ding!", flüstert er dem Baby beruhigend zu. Dass er es mit einem Namen angesprochen hat, ist ihm nicht bewusst.

Die Raketenangriffe haben aufgehört. Hat Alecha es noch rechtzeitig geschafft, den Schutzschirm zu stärken? Der Schutt hebt sich nun wie durch ein Wunder. Benjamin sieht ein Licht, das immer größer wird. Haben die Frauen sie gefunden? Er sieht sie nicht. Wo sind sie? „Agnes? Alecha?", vorsichtig spricht er die Namen aus. Aber sie sind nicht zu sehen. Wo sind sie nur? Irgendwer muss die schweren gebrochenen Deckenplatten von ihm hochgehoben haben. Er erhebt sich. Seine Gliedmaßen sind intakt. Das Baby guckt ihn groß an. Keine Alecha. Keine Agnes. „Alecha! Agnes! Wo seid ihr?", ruft er ein ums andere Mal. Er bekommt keine Antwort. Er ist verzweifelt.

Er geht hinaus und sucht Christopher auf. Der Kleine ist unversehrt. Das Zimmer ist unversehrt. Er hat Glück gehabt. Einzig das Badezimmer ist verwüstet und der obere Teil des Daches ist auf sie eingestürzt. Er muss die Frauen suchen! Mein Gott! Er legt Jonas neben Christoph in das große Gitterbett und geht wieder zurück. Die Verwüstung ist unbeschreiblich! Wieso wird sein Haus beschossen? Er hat doch keine Feinde? Das Land steht doch mit niemandem im Krieg? Oder doch? Hat er die Nachrichten übersehen? Dann fällt ihm ein, dass Alecha bei ihrer Ankunft immer von galaktischen Kriegsherren gesprochen hat. Sein Sohn soll der Erlöser sein. Er hat es als Nonsens abgetan. Aber jetzt? Was ist dran an ihren Worten?

Seine Augen entdecken eine kleine Bewegung. Sofort eilt er dorthin. „Alecha! Agnes!" Er hört die Stimme Alechas. „Benjamin, geh zur Seite!" Ausnahmsweise rutscht er ohne Gegenabwehr schnaufend zurück. Er hat eine schwere Platte zur Seite gehievt. Plötzlich fliegt der Rest auf Alecha nach oben und weg von ihm. Alecha steigt wie Phönix aus der Asche. Sie sieht sich stoisch um. „Wo ist mein Sohn?" „Jonas ist bei Christopher im Bett!" Sie nickt. Sie hat den Namen gehört und ist einverstanden. „Wo ist Agnes?" „Ich weiß es nicht. Ich wollte euch gerade aus dem Schutt herausgraben!" Gemeinsam suchen sie nach der Freundin.

„Ich habe sie!" Benjamin ist auf einen Fuß gestoßen. Mit Mühe hebt er die Platte, die den Körper Agnes' belastet, in die Höhe. Alecha hilft ihm dabei und sie graben noch tiefer. Agnes rührt sich nicht mehr. Benjamin greift an ihre Hand. Kein Puls. Er fühlt an der Halsschlagader. Nichts. Sie kann doch jetzt nicht tot sein! Seine Gedanken fahren Achterbahn. „Agnes ist tot!", flüstert er entsetzt. „Kannst du irgendetwas tun, dass sie wieder lebt?", meint er hoffnungsvoll zu

Alecha. Sie schüttelt bedauernd den Kopf. „Ich darf nicht eingreifen! Das ist gegen das intergalaktische Abkommen der Planeten!" Traurig sitzen sie bei Agnes' leblosen Körper. Die Frau ist von ihnen gegangen und hat ihren kleinen Sohn Christopher hinterlassen. „Ich schwöre dir bei meinem Leben! Christopher wird mein Sohn werden und ich werde ihn lieben und beschützen, als wäre es mein eigener Sohn!" Er küsst die tote Frau auf die Lippen und schließt ihre starren, leblosen Augen. Tränen des Kummers laufen über seine Augen. Das hat sie nicht verdient!

Alecha ist traurig, weil ihre Freundin von ihr gegangen ist, aber sie kann keine Trauer verspüren. Im Gegenteil. Sie ist gerade Mutter geworden und sie hat ihn dienlich gegen die Kalaner verteidigt. Sie selbst hat in ihrem Zorn Blitze gegen die Kriegsschiffe in die Galaxis geschickt und erfolgreich getroffen. Sie hat sie für eine Weile außer Kraft gesetzt. Alecha ist mit sich zufrieden. Sie lässt Benjamin bei Agnes, damit er sich um sie kümmere. Sie will ihren Sohn aufsuchen und findet ihn, fröhlich glucksend, neben Christopher. Er lacht ihr entgegen und streckt seine

Ärmchen aus. „Hallo Jonas! Schön dich kennen zu lernen!" …, nimmt ihn in ihre Arme und gibt ihm einen Kuss auf die Stirn.

Benjamin trägt Agnes auf seinen Armen ins Freie. Er will sie waschen und ihr frische Kleidung anziehen. Das sind sie ihr schuldig. Er versteht Alecha, wenn sie keine Gefühle der Trauer aufbringen kann. Sie ist keine irdische Frau. Sie soll sich jetzt um die Kinder kümmern. Er kümmert sich um Agnes, damit sie ein würdiges Begräbnis bekommt. Er trägt sie zum Brunnen und legt sie daneben auf die Wiese. Er entkleidet sie, bis sie nackt vor ihm liegt und wäscht sie sanft mit seinen Händen. Vorsichtig kämmt er mit den nassen Fingern durch die Strähnen ihrer staubigen Haare und legt sie wieder ab. Schnell eilt er zurück ins Haus und sucht passende saubere Kleidung für sie heraus und kleidet sie nun an. Im Stillen hat er gedanklich einen passenden Ort für ihr Grab gesucht. Er wird sie hinter dem Haus begraben. An einem Ort der Ruhe, umgeben von Wiese und Blumen. Später wird er ihr ein Kreuz machen, damit ihr Sohn sie später, wenn er größer ist, aufsuchen kann.

Der Junge Jonas

Das Leben geht weiter. Jonas scheint mit jedem Tag spürbar zu wachsen. Er ist schon größer und viel kräftiger als Christopher es ist. Alecha ist zufrieden mit der Entwicklung ihres Sohnes. Benjamin kommt es nicht geheuer vor. Dennoch weiß er, dass es sein Sohn ist. Er sieht aus... wie er! Da gibt es nichts zu rütteln. Jonas ist nach einer Woche zu einem Kind herangewachsen, das durchaus schon in die Schule gehen könnte! Benjamin nimmt ihn oft mit, wenn er Reparaturarbeiten an Zäunen, oder im Stall vorzunehmen hat. Das Haus hat er bis jetzt nicht renoviert. Er hat bis jetzt keine Lust gehabt. Zu frisch sitzt dieser Tag noch in seinen Knochen!

„Papa?" Christopher scheint nicht nur vom Äußeren ein siebenjähriger Bub zu sein, er spricht auch wie in Siebenjähriger. Er ist aufgeschlossen und neugierig. Er saugt alles in sich hinein. „Ja?" „Warum machst du das Loch im Haus nicht zu?" „Weißt du, das muss sorgfältig geplant werden! Es braucht viel Zeit und ich muss Material einkaufen." „Ich möchte dir helfen!" „Ja, das darfst du! Weißt du was? Wir setzen uns heute vor dem Abendessen zusammen und stellen eine Einkaufsliste zusammen." Jonas ist begeistert. Benjamin lächelt. Noch ist er ein kleiner Junge und begeisterungsfähig. Aber wie wird es nächste Woche aussehen? Ist er dann in der Pubertät?! Seufzend streift er sich mit der Hand über die Stirn. „Papa hast du Sorgen?" Jonas ist sehr aufmerksam.

Jonas ist nicht nur gerne mit seinem Papa zusammen. Er spielt auch begeistert mit Christopher. Er beschützt ihn, füttert ihn und lässt es sich nicht nehmen, ihm die Windeln zu wechseln. Er ist wie ein kleiner Papa zu ihm. Alecha hingegen kümmert sich um Jonas. Er ist alt genug, um zu lernen. Sie erzählt ihm über Oleandros. Alles was sie weiß, wird auf ihn übertragen, was hauptsächlich telepathisch passiert. Benjamin macht sich Sorgen. Sein Sohn muss in die Schule! Jonas wächst fast täglich, zu einem immer reiferen jungen Mann heran. Seine Statur ist kräftig und muskulös wie ein Gott. Anders kann es nicht einmal Benjamin beschreiben. Aber er ist stolz auf seinen Jungen. Er hat gute Charakterzüge. Er ist umgänglich, fürsorglich und er lacht gerne.

„Jonas' Entwicklung ist sehr schnell!" „Wie meinst du das?" „Jonas ist fast erwachsen! Seine Mission ist es, die Kriegsschiffe über dem Planeten Erde zu zerstören!" „Wie soll er das machen? Er hat ja nicht einmal ein eigenes Raumschiff! Er ist noch nie vom Hof weggewesen!" Benjamin ist ratlos. Was plappert Alecha da schon wieder? Heute will er das Haus mit Jonas renovieren. Sie haben Material angeschafft. Er steht auf und geht auf die Baustelle. „Was ist hier los?" Der Raum ist frei von Schutt. „Ich habe schon einmal angefangen!" „Wo ist der Schutt?" „Den habe ich in den Container geschmissen, den wir geholt haben!" „Ja... aber das war doch sehr viel!" Jonas grinst. Sein Papa ist stolz auf ihn! Sie machen sich an die Arbeit. Jonas trägt dreimal so viel von den schweren Säcken in das Haus als Benjamin. Sein Vater ist perplex. Sein Sohn hat überirdische Kräfte. Er ist stark! Die Arbeit geht zügig voran.

Benjamin ermüdet bald. Es ist eine ungewöhnliche Anstrengung für ihn. Seine Muskeln schmerzen. „Ich muss eine Pause einlegen. Komm gehen wir etwas trinken." „Mach nur Papa! Ich arbeite weiter. Wir wollen doch bald fertig sein, nicht wahr?" So eilig ist es nicht, meint Benjamin im Stillen und lässt Jonas alleine. „Wo ist Jonas?" „Er ist auf der Baustelle. Mein Gott, Alecha! Er ist stark!" Sie lächelt stolz. „Ja, er ist stark wie ein Gott. Er ist halb irdisch und halb von meiner Rasse!" Benjamin sieht sie nachdenklich an. Er kann sich noch immer schwer mit dem außerirdischen Kram anfreunden. Es ist nicht normal, wie Jonas sich entwickelt. Das ist schon einmal klar. Er geht zu Christopher. Der Kleine entwickelt sich auch, nur nicht so rasant. Er sitzt schon alleine und bald wird er stehen und laufen können. Jonas kümmert sich wirklich rührend um die Entwicklung des kleinen irdischen Jungen.

Benjamin kehrt zurück zur Baustelle. „Wahnsinn! Was ist denn hier passiert?" Jonas ist am Wegräumen. Er hat die Wände fertig gestellt und verputzt. Es fehlt nur mehr die Farbe. „Jonas, das ist ja… großartig!", flüstert er fast schon andächtig. Jonas lacht. „Ja, ich weiß, dass du keine Freude mit der Arbeit hattest. Darum habe ich mich beeilt. Jetzt können wir Farbe kaufen und die Wände streichen!" „Ja, das Badezimmer wird großartig werden, Jonas! Du bist ein toller Junge!" Der Vater klopft ihm lobend auf die Schulter und Jonas freut sich wie ein kleiner Junge, der er schon lange nicht mehr ist, auf das schöne Lob.

Benjamin kann es kaum glauben. Sein Junge ist kein kleiner Junge mehr. Dabei ist er erst einige Wochen alt. Seine Entwicklung ist rasant. Nicht möglich, aber doch wahr. Er muss Alecha glauben, wenn sie von außerirdischen Dingen redet. Es muss wahr sein, aber nicht greifbar für ihn. Er schüttelt den Kopf und beobachtet Jonas, der schon auf der Schwelle eines Erwachsenen steht. Jonas ist mit Christoper auf seinen Schultern unterwegs. Er hält ihn fürsorglich fest, dass er nicht herunterfällt. Christopher sieht es offensichtlich als großen Spaß, wenn er von seinem Bruder, auf den breiten Schultern getragen wird. Jauchzend und mit seinen Händen zappelnd hüpft er auf und ab. Jonas lacht.

„Na, mein Kleiner? Es macht dir großen Spaß, nicht wahr? Gehen wir zu den Kälbern?" Er wartet keine Antwort ab und steuert auf die beiden jüngsten Kälber zu. Eines der beiden kleinen Tiere ist erst gestern Nacht auf die Welt gekommen. Zärtlich strubbelt Jonas den Kopf dieses Kalbes. Er ist dabei gewesen, was ihm viel Respekt vor der Kuh abverlangt hat. Sie hat wirklich laut und lange geschrien. Sie hat ihm leid getan und er hat ein wenig mit Energie nachgeholfen. Christopher verlangt nach unten und sieht die, für ihn großen Tiere, neugierig an. Vorsichtig streckt er sein Ärmchen aus und Jonas zeigt ihm, wie es geht. Christopher lacht. Das Kalb schnaubt. Aber es hält still und leckt zum Abschluss das kleine Händchen ab. Der kleine Junge zuckt erschreckt zurück.

Alecha schreitet zu Benjamin ans Fenster. Er legt einen Arm um sie und zieht sie an sich. „Siehst du die Beiden? Jonas ist wirklich fürsorglich. Aber er ist fast erwachsen. Alecha, wie wird es weitergehen?" Alecha spürt Benjamins Sorge. „Er hat noch Zeit.", beruhigt sie ihn. „Auch wenn er schon so groß ist. Seine geistige Entwicklung hinkt hinterher. Er braucht noch eine Weile, um seine Mission zu erfüllen. Bis dahin genießen wir einfach unsere Kinder. Sieh mal, Christopher versucht tatsächlich aufzustehen!", lacht Alecha bei dem ersten Versuch des kleinen Wonneproppen. Jonas streckt ihm seine Hände entgegen und der kleine Christopher wackelt ein zwei Schritte auf ihn zu und fällt zurück auf seinen Po. Benjamin lacht über diese lustige Vorstellung.

„Ich möchte, dass Jonas die Schule besuchen darf! Die soziale Gesundheit ist wirklich wichtig!", gibt Benjamin nicht locker. Alecha nickt. Vielleicht wäre es ganz gut, wenn Jonas zur Schule geschickt wird. Er muss auch die Menschen kennen lernen. „Komm, wir müssen zum Direktor der Volksschule gehen. Wir müssen vorab mit ihm sprechen!" „Was!? Jetzt?!" Benjamin ist verdattert. Alecha ist nicht von langsamen Eltern! „Wir müssen den Direktor ins Vertrauen ziehen. Es mutet ja komisch an, wenn ein erwachsenes Kind in die Volksschule geht, oder nicht?" „Ja, Ja… alles klar. Ich gehe mich umziehen!" Benjamin geht hinein.

Alechas Idee ist ja nicht schlecht, aber muss alles sofort sein? Seufzend geht er vorher unter die Dusche, um sich frisch zu machen.

Demonstration

Alecha hat in der Schule angerufen. Zum Glück haben sie diesen Nachmittag einen Termin bekommen. Der Direktor empfängt sie freundlich. Es ist ein älterer Herr, der in aller Gemütsruhe sein Amt und Würden erledigt. Auch scheint er humorvoll zu sein. Die vielen Fältchen rund um seine Augen verraten es. „Willkommen! Treten Sie bitte ein! Darf ich bitte ihren Namen noch einmal erfragen? Ich habe, glaube ich, sie nicht richtig verstanden.", versucht er höflich seinen Fauxpas zu entschuldigen. „Wir sind Alecha und Benjamin Bauer!" Benjamin wundert sich über den Namen. Er heißt eigentlich Baum. Aber er schweigt vorerst. „Was kann ich für Sie tun, Frau Bauer?" Alecha lässt die Anrede auf sich beruhen und beschließt den Direktor in ihr Vertrauen einzubeziehen. Er sieht nett aus, denkt sie sich. „Es ist kompliziert, Herr Kannrich!", beginnt sie. Dr. Kannrich sitzt entspannt in seinem ledernen Schreibtischstuhl und nickt wohlwollend.

Alecha beginnt mit ihrer Schilderung der Sachlage. „Sie müssen erstmal verstehen und vielleicht erstmals auch akzeptieren, dass ich ein außerirdisches Wesen bin. Ich kam auf die Erde, weil ich eine Mission zu erfüllen hatte, die ich vorerst nicht erkannt habe. Benjamin hat mich gefunden und in seinem Haus aufgenommen. Wir hatten eine innige Vereinigung und daraus entstand ein Kind. Unser Junge Jonas soll nun eine irdische Schule besuchen. Benjamin und ich sind der Meinung, dass eine soziale Kompetenz wichtig für seine Bildung ist." Dr. Kannrich hat stumm dagesessen. Diese Geschichte ist ihm nicht ganz geheuer. Oder hat er sie nicht ganz verstanden? Möglich. „Wie alt ist ihr Junge jetzt?" „Vier Monate!", kommt es wie aus der Pistole geschossen von Alecha. Dr. Kannrich lacht. „Entschuldigen Sie, dass ich lache. Aber sie müssen sich irren! Oder nicht…?" Alecha und Benjamin haben nicht gelacht. Sie sehen ihn weiterhin ernst an. Dr. Kannrich räuspert sich. „Wenn ich zusammenfassen soll… Ihr Junge Jonas ist vier Monate alt und soll in die Volkschule gehen… um was zu lernen?

Gehen? Laufen? Sprechen?", fragt er ironisch.

Jetzt wird Benjamin ungeduldig. Sein Sohn ist kein Baby mehr! „Dr. Kannrich! Ich muss Sie inständig darum bitten, Bleiben wir ernst bei der Sache! Ich verstehe Sie vollkommen, wenn sie misstrauisch sind. Mir ist es nicht anders ergangen. Unser Sohn ist das Ergebnis von mir als Mensch und Alecha als außerirdische Lebensform! Er ist in seiner körperlichen Entwicklung fast erwachsen. Jedoch in seiner geistigen Entwicklung hinkt er hinten nach. Glauben Sie mir doch!", fügt er unglücklich hinzu, weil er merkt, dass der Direktor ihn äußerst skeptisch anblickt. Der Direktor sieht die beiden vor sich schweigsam an. Er weiß nicht, was er davon halten soll. Er fühlt sich veräppelt. Wie kann er diese Verrückten nur schnell wieder loswerden?

„Können Sie mich davon überzeugen?" „Kommen Sie zu uns auf den Hof! Sie kennen meinen Hof? Wir laden Sie heute zu einem Abendessen bei uns ein. Sie werden sehen, dass Jonas sie begeistern wird! Glauben Sie mir! Ich kann es selbst nicht fassen, dass er mein Sohn ist. Aber ich bin verdammt stolz auf ihn!" Benjamin hält in seiner feurigen Rede inne. Der Direktor sagt noch immer nichts. „Bitte Herr Direktor, kommen Sie und überzeugen Sie sich selbst!", legt nun Alecha nach. Dr. Kannrich gibt sich einen Ruck. „Also gut! Wenn ihnen dann leichter ist, dann komme ich. Aber versprechen Sie sich nicht zu viel!", mahnt er sie. „Wir danken ihnen sehr! Wir erwarten Sie um sechs Uhr!" Benjamin ist erleichtert von Dr. Kannrich spontaner Zusage und sie fahren beruhigt mit der jüngsten Entwicklung nach Hause.

Der Direktor ist unzufrieden mit sich selbst. Was soll er mit den Leuten machen? Sie haben sich ihm weiß Gott aufgedrängt. Sich vornehmend, dass er einen Blick auf den Jungen werfen und ihn kurz anhören werde, was er zu sagen hat, nimmt er seufzend die Unterschriftenmappe zu sich. Er wird das Kind prüfen und dann werden sie weitersehen. Er verspricht sich nicht viel davon. Er hat oft mit ehrgeizigen Eltern zu tun. Nichts für ungut! Außerirdisch! Dass ich nicht lache! Als er denn soweit ist, setzt sich der Direktor in sein Auto und fährt los. Er weiß wo der Bauernhof ist. Er kennt Benjamin als Bewohner dieses Fleckchen Erde, weil er selbst unweit sein kleines Häuschen hat. Aber er hat noch nie mit ihm zu tun gehabt. Mal sehen...

Er ist über diesen Bauernhof angenehm überrascht. Es ist ein ansprechendes, solides Haus. Die Wiesen sind gemäht und die kleine Weide mit den Kühen zeigen ihm, dass er es doch mit normalen Leuten zu tun haben muss. Etwas gelöster parkt er seinen Wagen, geht auf die Haustüre zu und betätigt den großen Klopfer. Ein junger Mann, der einen kleinen Jungen auf dem Arm trägt, öffnet ihm. „Hallo, ich bin Herr Kannrich.", stellt Kannrich sich vor. Der junge Mann grinst und reicht ihm seine Hand. „Hallo, Herr Kannrich. Meine Eltern erwarten Sie bereits. Kommen Sie doch herein!" Der Direktor sieht auf seine Hand. Er bildet sich ein, einen kleinen Stromschlag gespürt zu haben. Aber das ist nur eine Einbildung, beruhigt er sich. Der junge Mann ist jedenfalls ein sehr höflicher junger Mann. Der Kleine müsste vielleicht der Junge sein? Er schüttelt sich. Das darf nicht sein! Wie alt möge er sein! Ein Jahr? Eineinhalb?

Jonas geht dem älteren Mann in die Stube voraus. „Kommen Sie, meine Eltern erwarten Sie bereits." Dass Jonas seine Eltern erwähnt, nimmt der Direktor nicht so richtig wahr. Dieses Haus ist wirklich schön. Es gefällt ihm sehr gut. Die Wände sind frisch gestrichen, denn Kannrich kann die feuchte Farbe riechen. Sie betreten die Stube. Benjamin kommt ihnen entgegen. „Willkommen, Herr Direktor!" Er reicht ihm die Hand und ein warmer Händedruck gibt dem Direktor ein gutes Gefühl. „Alecha! Unser Besuch ist da!" Benjamin begleitet seinen Gast mittlerweile zu dem wunderschön gedeckten Tisch. Die Leute habe sich wirklich Mühe gegeben, denkt sich der Direktor. „Willkommen, Dr. Kannrich! Es freut mich, dass sie uns mit ihrem Besuch beehren!" Alecha reicht nun auch dem korpulenten Mann die Hand. Wieder hat er das Gefühl, einen leichten Stromschlag zu erhalten. Irritiert blickt er auf seine Hand hinunter. Sie sieht noch aus wie immer. Kopfschüttelnd, ob seines Verdachts, lächelt er der Frau dennoch herzlich zu und bedankt sich freundlich für die Einladung.

„Dürfen wir ihnen unsere Söhne vorstellen?" Benjamin holt Jonas, mit Christopher am Arm, an seine Seite. „Das ist Jonas. Er ist der Junge, der in die Schule soll. ...und der kleine Wonneproppen ist Christopher. Wir wollen ihn adoptieren, weil seine Mama kürzlich verstorben ist." Benjamins Augen trüben sich. Der Tod von Agnes geht ihm noch immer nahe. Des Direktors Augen sind an Jonas überrascht hängengeblieben. „Das ist der Junge, der in die Schule gehen soll? Ich muss schon sagen, wie haben sie es geschafft, ihn bis jetzt davon fernzuhalten?" Er ist perplex. Vor ihm steht ein hübscher, muskulöser junger Mann, kurz vor dem erwachsen werden! „Wie alt bist du jetzt? Ich darf doch du sagen, oder?" Er ist sich unsicher. „Natürlich, Herr Direktor! Ich bin jetzt vier Monate alt." Jonas sagt dies mit einer Selbstverständlichkeit, dass dem älteren Mann die Luft wegbleibt. Nach Hilfe suchend, blickt er sich um. Benjamin sieht ihn ernst an und nickt bejahend.

„Herr Direktor, bitte setzen Sie sich doch! Wir können beim Essen alles erklären." Alecha kommt mit einer dampfenden Auflaufschüssel herein. Dem Direktor fallen fast die Augen aus dem Kopf. Diese Frau trägt die heiße Schüssel mit bloßen Händen, als wäre es eine wohl temperierte Porzellanschüssel! Er lässt sich auf den Sessel fallen und stöhnt auf. Was kommt noch auf ihn zu? Er fühlt sich wie in einer Sitcom einer Zeichentrickserie, wo alles möglich und nichts wahr ist. Er muss sich sammeln und räuspert sich. „Bitte erklären Sie mir, warum ihr Sohn so lange auf die Schule warten musste!" Er verdrängt die Tatsache, dass der besagte Junge erst vier Monate alt ist. Er muss mindestens siebzehn Jahre, wenn nicht älter sein!

Benjamin legt seine Gabel zur Seite. „Dr. Kannrich! Sie müssen die Tatsache akzeptieren, dass meine Frau eine außerirdische Lebensform ist. Sie ist vor einiger Zeit als weibliches Wesen draußen auf meiner Wiese gelandet. Ich habe sie dort gefunden und wir fühlten uns sofort zueinander hingezogen. Wir fühlten uns sehr zueinander hingezogen. Daraus ist Jonas entstanden. Die

Entbindung war vor vier Monaten! Glauben Sie mir, ich war ebenso überrumpelt, als ich gesehen habe, dass Jonas ständig gewachsen ist. Er ist stark und stärker geworden. Er hat angefangen, mit mir das Haus zu renovieren. Aber dennoch habe ich das Gefühl, dass ihm die soziale Komponente fehlt. Er muss Menschen kennenlernen, die auf seinem geistigen Niveau sind und mit ihnen lernen dürfen. Alecha, als Mutter konnte mit meinem Vorschlag zunächst nichts anfangen. Aber ich habe sie davon überzeugt. Bis zu seiner eigentlichen Aufgabe hat er noch viel Zeit und die könnte er sinnvoll nutzen.

„Ähem... ja..." Was soll der sprachlose Mann dazu sagen? Kannrich nimmt einen Bissen in seinen Mund und kaut nachdenklich dahin. Insgeheim hat er Jonas beobachtet. Der junge Mann kümmert sich rührend um Christopher, der in einem Hochstuhl sitzt. Man könnte meinen, dass der junge Mann der Vater von diesem Wonneproppen ist. Er lächelt gerührt. „Darf ich mich nachher mit ihnen alleine unterhalten, Jonas?" „Natürlich, Herr Direktor!" Manieren hat er. Kannrich ist angetan von dem angenehmen Verhalten. Keine Anzeichen von Trotz, oder schlechten Manieren. Die Gesellschaft isst schweigend weiter. Dr. Kannrich wundert sich über einige Anekdoten, die Benjamin und Jonas zum Besten geben.

„Ich habe erst vor einer Woche ein Kalb entbunden! Die Kuh schreckte mich in der Nacht mit ihrem lauten Muhen aus dem Schlaf! Ich bin nachsehen gegangen und tatsächlich... sie kalbte! Ich versuchte ihr zu helfen. Aber das Kalb konnte nicht hinaus. Da habe ich ein bisschen nachgeholfen! Es war ein wunderbares Erlebnis." „... und wie, mein Junge, hast du nachgeholfen?" „Ich habe etwas Energie fließen lassen!" Jonas Gesicht lässt nichts darauf deuten, dass er ihn auf die Schippe nimmt. Er schüttelt ungläubig den Kopf. „Hast du die Hand aufgelegt, Junge?" Er hat schon von diesen Alternativtypen gehört... nicht seine Philosophie. „Nein... mit meinem Geist!" Kannrich sagt lieber nichts dazu. Er will die Leute, die sich so nett um ihn kümmern, nicht vor den Kopf stoßen. Er wird es vielleicht später herausfinden, ob sie wirr im Kopf sind, oder nicht.

„Sie müssen sich vorstellen, Herr Kannrich, als Jonas auf die Welt gekommen ist, haben die Kalaner eine Rakete auf uns abgefeuert! Das ganze Bad wurde verwüstet. Ein paar Wochen später, haben Jonas und ich es komplett renoviert! Der Junge hat fast alles alleine gemacht. Es ist unvorstellbar, ich weiß. Aber es ist so gewesen! Er hat den Schutt weggeräumt, die Wände verputzt… und das in der Zeit, als ich nur ein paar Minuten draußen war!" Der Direktor weiß nicht mehr, wen er noch anschauen soll. Es ist unglaublich, was er da alles zu hören bekommt. Alles Nonsens! Bitte! Wer soll dies glauben?! „Können Sie mir von ihrer außerirdischen Gegenwart eine Kostprobe geben? Ich bin etwas verwirrt!" Er wendet sich an Alecha. „Ich weiß Herr Direktor… Alles muss für sie suspekt vorkommen. Wir müssen für Sie verrückte Leute sein. Aber essen Sie erst einmal meinen wirklich guten Nachtisch und dann kommen Sie mit vor das Haus. Wir demonstrieren es ihnen!" Da ist er ja mal gespannt auf die Vorstellung!

Alecha räumt den Tisch ab. Nach einem kleinen Umtrunk gehen sie alle hinaus. „Kommen Sie, wir zeigen ihnen unseren

Hof und die Tiere!" Benjamin führt den verwirrten Mann hinaus. Herrn Kannrich fällt sofort das große Loch zwischen dem Haus und dem Stall auf. „Das ist ja ein tiefes Loch. Was ist hier passiert? Sind die Außerirdischen zu schroff gewesen?", versucht er zu scherzen. „Sie haben es fast erraten. Tatsächlich haben die Kalaner uns angegriffen, als Alecha den Schutzschild außer Acht gelassen hat. Erst zu diesem Zeitpunkt habe ich geahnt, dass an der außerirdischen Geschichte doch etwas Wahres dran sein muss!" Benjamin zuckt die Achseln. Dieses Loch hat er absichtlich noch nicht beseitigt. Er will den Glauben an Alecha bewahren. Aber für den kleinen Christopher scheint dieses Loch eine Gefahr zu werden. Er muss sich demnächst mit Jonas an die Arbeit machen! Zu lange schiebt er es schon hinaus.

Sorgfältig umgeht er mit seinem Gast dieses Loch und zeigt ihm mit Stolz seine Tiere... mehrere Kühe, Kälber, Ziegen und ein Esel... vereint und friedlich in einem Stall mit einem ausreichend großen Gehege. „Ihre Tiere sind glückliche Tiere. Sie können sich bewegen, wohin sie wollen?" „Ja, sie haben draußen genügend Bewegungsfreiheit und können sich in den Stall zurückziehen, den ich am Abend verschließe. Am Morgen öffne ich ihn wieder. Der Direktor nickt zustimmend. Einige Hühner laufen gackernd herum. Kannrich ist zufrieden. „Wenn Sie mir nun ihre außerirdische Seite glaubhaft zeigen wollen... Ich bin bereit!" „Oh... ich bin nicht der Außerirdische!", rudert Benjamin zurück. Er zeigt auf Jonas und Alecha. „Meine Frau und Jonas sind es!" „Ich bin gespannt!" Der Direktor verschränkt belustigt die Arme und sieht die Frau und den jungen Mann funkelnden Auges, vor sich an. Er erwartet nichts.

Plötzlich glaubt er, seinen Augen nicht zu trauen, als Jonas einen Blitzstrahl aus seinen Händen entsenden lässt. Ein gleißend heller Strahl, ähnlich einem gezackten Blitz, wie bei einem Gewitter, nur viel gewaltiger, fährt mit Lichtgeschwindigkeit, pfeilgerade in den Himmel hinauf. Dr. Kannrich bleibt der Mund offen stehen. Es sieht wirklich so aus, als würde der scharfe gleißende Strahl bis in den Kosmos fahren! „Wow!" Er hat schon vieles gesehen, aber das...

Er sieht zurück auf Jonas. Seine Hand ist in den Himmel gestreckt. Der Lichtpfeil kommt definitiv aus seinen Fingern! Kannrich fehlen die Worte. Jonas scheint hoch konzentriert zu sein. Doch plötzlich stoppt er. Sein, soeben noch in den Himmel gestrecktes Gesicht, sackt auf seine Brust. Sollte er sich vorausgabt haben? Dr. Kannrich wartet ab, bis Jonas seinen Blick auf ihn hebt.

„Das war... eine wirklich beeindruckende Vorstellung!" Kannrich fehlen noch immer die Worte. Verdattert sieht er Jonas an, bis Christopher sich bemerkbar macht. Jonas kümmert sich augenblicklich um den Kleinen, aber doch älteren Bruder. „Glauben Sie uns jetzt?" Kannrich kann nur mit dem Kopf nicken. Er muss dies erst verarbeiten. Plötzlich kracht es. Ein ohrenbetäubendes Zischen lässt dem Direktor entgeistert den Kopf einziehen. Ein tiefer Krater reißt unmittelbar neben ihnen auf. Der Direktor springt entsetzt zur Seite. Lautes schreiendes Weinen folgt dem donnernden Geschoß aus dem Universum. Christopher liegt im Arm von Benjamin, der das kleine Gesicht schützend an seine Brust hält und ihm immer wieder, sanft murmelnd, über den Kopf streichelt. Christopher will sich nicht so schnell beruhigen. Wo ist Jonas?!

„Oh… entschuldigen Sie bitte! Die Kalaner…" Als würde dies alles erklären! „Was war das denn bitte!" Der Direktor ist leichenblass. Hier ist es gefährlich, ist sein erster Gedanke. „Herr Direktor! Bitte beruhigen Sie sich! Ich habe vergessen, dass durch unsere Performance die Kalaner auf uns aufmerksam werden könnten. Es kommt nicht wieder vor!" Alecha tut dies mit einem Achselzucken ab. Der Direktor sieht zu Benjamin. Er scheint ebenfalls nicht beunruhigt zu sein. Mein Gott, wo ist er nur gelandet?! Herrscht hier Krieg zwischen den Welten? Er muss aufhören ständig nur diese Science-Fiction Geschichten zu lesen! Er wird noch verrückt! Dann steigt Jonas aus dem Krater. Als würde es ihm an nichts fehlen, klopft er sich die staubige Erde von seinem Körper. „Scheiße! Ich habe ganz vergessen meinen Schild zu verstärken!" „Jonas! Keine Kraftausdrücke, bitte!", mahnt ihn seine Mutter.

Benjamin nimmt indessen den wie gelähmten Direktor mit sich ins Haus. „Kommen Sie, hier sind wir sicher!" Sicher? Sicher! Mein Gott! Er kriegt sich fast nicht mehr ein. Er greift sich auf die Brust. Er regt sich zu sehr auf! Es ist zu viel gewesen! Er muss hinaus! Sein offenstehender Mund schnappt nach Luft, wie ein Fisch im Trockenen. Sein Atem scheint auszusetzen. Er kriegt keine Luft mehr und sackt in sich zusammen. Das ist das Ende, denkt er sich nur mehr und fällt in eine tiefe Schwärze.

„Er hat einen Herzinfarkt! Scheiße! Was tun wir jetzt?" Benjamin flippt aus. Er hat es geahnt. Ihre außerirdische Demonstration hat dem Direktor den Verstand geraubt! „Alecha, ruf die Rettung an! Jonas hilf mir. Wir müssen ihn beatmen und sein Herz massieren, bis Hilfe kommt!" „Ja, Dad!" Christopher fängt in der Aufregung wieder an zu schreien. Automatisch will Jonas sich ihm zuwenden. „Nichts da! Jonas ich brauche dich hier! Alecha, bitte kümmere du dich um Christopher. Aber der kleine Kerl will zu seinem Bruder.

Das Chaos ist perfekt. Mittendrinn wacht Kannrich auf. „Wo bin ich?" Orientierungslos sieht er die zwei Köpfe von Benjamin und Jonas über sich. Alecha rennt mit Christopher zur Tür. Die Rettung ist angekommen und ein Notarzt eilt mit einem Sanitäter zur Tür hinein. „Was ist passiert?" Benjamin versucht eine glaubhafte Story zu erzählen. Eine außerirdische Geschichte wäre jetzt fehl am Platz. Er hofft, dass der Direktor den Mund hält. Sie brauchen keine Zeitungsleute hier auf seinem Hof! Er sieht zu, als der kranke Mann auf der Transportliege weggefahren wird. Wie wird es weitergehen? Jonas soll doch in die Schule gehen!

Heimlicher Besucher

„Was tun wir jetzt?" Benjamin ist am Boden zerstört. Jonas rennt die Zeit weg! Er muss in die Schule! Es ist wichtig für seine geistige Gesundheit. Davon ist Benjamin nach wie vor überzeugt. Dann kommt ihm eine Idee. „Jonas besuche du ihn im Krankenhaus. Er wollte mit dir sprechen. Vielleicht beruhigt er sich, wenn du ihm glaubhaft deine ernsthaften Absichten erklärst!" Der Vater sieht seinen Sohn beschwörend an. „Meinst du, Dad?" Jonas ist unsicher. Er will den Direktor nicht weiter beunruhigen. Aber Jonas will auch in die Schule. Sein Vater hat ihm immer wieder Lustiges aus seiner Schulzeit erzählt. Er will dies auch erleben! Außerdem fühlt er, dass er keinesfalls nur für den Krieg geschaffen sein muss. Er will lesen und schreiben lernen! „Ich werde ihn überzeugen!" Er strafft sich. Er muss es tun, sonst kann er nur mehr auf die Mission warten! Es ist langweilig. Er will etwas anderes fühlen! Punkt. Benjamin fährt ihn sogleich zum Krankenhaus und sie sprechen beim

Portier vor. „Was kann ich für Sie tun, meine Herren!" Jonas gluckst. So hat ihn noch niemand angesprochen. Es ist wirklich witzig. Die Dame hinter den Scheiben lächelt. Zwei große gutaussehende, vor Gesundheit strotzende Männer, die offensichtlich Vater und Sohn sind, sieht man selten in diesem Krankenhaus.

„Guten Tag, wir wollen Herrn Dr. Kannrich Kurt sprechen. Er ist heute eingeliefert worden." Sie warten eine Weile und sehen der Dame hinter der Portiersloge zu. Sie sucht am Bildschirm nach dem entsprechenden Namen und sieht fragend auf. „Sind sie Verwandte dieses Herrn?" „Nein, leider. Aber wir haben Dringendes mit ihm zu besprechen! Bitte!" „Es tut mir aufrichtig leid. Aber Dr. Kannrich ist erst heute eingeliefert worden und kann noch keine Besuche empfangen. Schon gar nicht von Besuchern, die nicht mit ihm verwandt sind! Aber versuchen Sie es morgen. Da wird ihnen gern ein Arzt, oder eine Krankenschwester weiterhelfen können." Benjamin und Jonas müssen unverrichteter Dinge wieder nach Hause gehen. „Morgen… morgen versuchen wir es noch einmal!" Benjamin will sich selbst etwas vormachen, aber Jonas beschwichtigt ihn. „Ach was Dad. Lass Dr. Kannrich erst einmal genesen! Er ist fast gestorben. Wir haben ihm zu viel zugemutet. Vielleicht kann ich in ein paar Tagen zu ihm gehen, wenn er alleine im Zimmer ist? Du weißt ja. Ich kann alles machen…" Benjamin sieht ihn geschockt an. Das ist nicht ordentlich! Aber wie sagt man im Krieg und in der Liebe? Alles ist möglich! Alles ist erlaubt! Jawohl!

Jonas wartet ein paar Tage ab. Dann hält er es nicht mehr aus. Er will jetzt den Mann besuchen, der es ermöglichen kann, dass er endlich eine Schule besuchen darf. Die letzten Tage ist er schon am Rande von seines Vaters Wiese gesessen und hat den Kindern vom Dorf zugesehen, wie sie in Gruppen, lachend und hüpfend in die Schule gegangen sind. Er will Freunde haben! Er hat auch bemerkt, dass diese Kinder ausnahmslos sehr viel kleiner sind als er. Sein Körperbau unterscheidet sich enorm von denen der Kinder. Aber wenn er sich ihnen anpasst, werden sie ihn auch akzeptieren. Oder? Er ist voller Zuversicht. Lächelnd nimmt er einen

Halm zwischen die Zähne und kaut darauf herum.

Es ist schon spät. Aber noch nicht zu spät. Jonas macht sich auf den Weg zum Krankenhaus. Er steht vor der Fassade und überlegt, ob er sich einfach in das Zimmer hineinzoomen soll, oder mit seinen Beinen durch das Krankenhaus gehen soll. Er könnte sich ebenso unbemerkt durch die Gänge hindurchschwindeln. Es würde ihn keiner der Leute, die ihm begegnen sollten, bemerken. Aber sich einfach hinaufzoomen, ist der einfachere Weg. Er weiß mittlerweile, wo das Zimmer des Patienten ist. Er spürt den Mann. Ein kleiner Gedanke und er ist im Zimmer. Der Patient hat ihn nicht einmal bemerkt. Jonas geht zur Tür und macht sie einmal geräuschvoll auf und wieder zu. Dann geht er, vorsichtig um die Ecke linsend, zu dem Bett von Dr. Kannrich, der in einem Buch liest. Jonas erahnt, anhand des bunten Covers, dass es sich um Science-Fiction geht. Dr. Kannrich ist ein Fiction Fan! Jonas lacht leise in sich hinein.

„Hallo!" „Mmm!", brummt Kannrich, ohne von seinem Buch aufzusehen. Wahrscheinlich glaubt er, dass ein Pfleger nach ihm sieht. „Hallo, Dr. Kannrich! Ich bin es... Jonas!" Kannrich blickt auf. „Jonas! Wo kommst du so plötzlich her? Die Besuchszeit ist zu Ende, oder?" „Ja... aber ich dachte, es ist besser, wenn ich heimlich zu ihnen komme. Die Menschen hier lassen mich nicht zu ihnen!" Jonas zuckt die Achseln. Dr. Kannrich freut sich wirklich, endlich den Jungen kennen zu lernen. Die abenteuerliche und gefährliche Episode hat er nun mit einem Achselzucken abgetan. Sein Leben ist zu kostbar, als dass er sich darüber weiter aufregen sollte. Der Junge Jonas ist interessant für ihn. „Komm her, nimm dir einen Stuhl und setz dich!" Jonas ist erleichtert.

„Also... mein Junge... erzähl mir was von dir! Aber eines vorweg. Wie konntest du den Raketenangriff überleben? Er hat dich direkt in die Erde gerammt!" Dem Direktor schaudert es. „Dies ist der Punkt, den meine Eltern ihnen die ganze Zeit zu erklären versuchen... Ich bin halb außerirdisch und halb irdisch! Sie müssen verstehen, dass ich mich jederzeit in eine vollständige Energieform verwandeln kann. Da bin ich unzerstörbar!" Bewundernd sieht Kannrich sein Gegenüber an. Er ist froh, dass dem Jungen nichts passiert ist. Schön langsam kann er sich mit dem außerirdischen Dingen anfreunden. Immerhin liest er diese Bücher mit Leidenschaft. Aber es tatsächlich zu erleben ist schon krass!

„Lassen wir das einmal! Du willst in meine Schule?" Jonas nickt zustimmend. Kannrich sieht ihn ernst an. „Wie stellst du dir das vor? Immerhin habe ich eine Verantwortung gegenüber den Eltern. Was soll ich ihnen sagen, wenn eine Rakete direkt in die Schule einschlägt! Gott bewahre!" Der Direktor schlägt ein Kreuz über seiner Brust. „Wissen Sie, das ist nicht schwierig für uns. Wir spannen einen Schutzschirm über das ganze Gelände! Meine Mum ist da unschlagbar! Ich selbst kann meinen Schutzschirm selbst spinnen. Aber wenn ich mich auf etwas konzentrieren muss, dann ist ein Energiefeld von meiner Mum besser!" „Ah... ich verstehe!" Aber Kannrich versteht doch nur Bahnhof. „Kommen wir zum Kernpunkt! Wenn ich richtig verstehe, dann kannst du weder lesen, noch schreiben? Keine Summen bilden, noch Differenzen ausrechnen?" Jonas schüttelt verlegen den Kopf. Kannrich sieht den jungen Mann schweigsam und etwas schockiert an. „Wie alt bist du jetzt?" „Bald fünf Monate!", meint Jonas stolz. Kannrich lacht. Er vermutet, dass er noch viel Spaß mit dem Jungen haben wird. Dennoch macht er sich Gedanken darüber, wie er es der Klasse erklären soll, dass ein Erwachsener lesen und schreiben lernen soll! Über Außerirdische wird er auf keinen Fall sprechen. Das kauft ihm keiner ab und auf eine Vorstellung jeglicher Art will er auf alle Fälle verzichten.

„Einer Aufnahme in die Volksschule spricht nichts dagegen. Wenn du dich den kleinen Kindern anpassen kannst, sollte es kein Problem geben. Gibt es sonst noch irgendetwas Wichtiges, was ich von dir wissen sollte?" Jonas denkt nach und er zuckt die Schultern. „Nicht, dass ich wüsste.", verneint er. „Okay, ich werde meiner Vertretung erklären, um was es geht und du kannst nächste Woche anfangen. Ist das in Ordnung für dich?" Jonas Strahlen belustigt den Direktor. „Danke! Danke! Ich freue mich ja so!

Was muss ich mitnehmen?" „Vorerst würde ich sagen, komm einfach einmal. Wir haben das Nötigste vorrätig, um dich für ein paar Tage auszustaffieren. Deine Lehrerin wird dir eine Liste mitgeben und du gehst mit deinen Eltern es zu besorgen. Alles klar?" Jonas Strahlen ist noch nicht abgeklungen. Er ist so aufgeregt. Er fängt, im wahrsten Sinnes des Wortes, an zu glühen. „Jonas! Bitte, beruhige dich doch!" „Entschuldigung!" Die Wärme geht zurück und Jonas ist wieder im Normalzustand.

„Wenn ich dich bitten darf, kannst du jetzt gehen! Ich bin müde! Wir sehen uns dann bald in der Schule. Auf wiedersehen, Jonas!" Kannrich schließt erschöpft die Augen. Der Tag ist schon anstrengend für ihn gewesen, weil die Pfleger ihn öfters zu Untersuchungen und Therapien geholt haben. Jetzt Jonas, der sich vor lauter Freude fast in einen glühenden Menschen verwandelt hätte. Er hat genug Aufregung für heute. Er sieht Jonas ernst nach. Hat er sich zu viel an Verantwortung aufgelastet? Er weiß es nicht. Die Zeit wird es bringen…

„Dad!" Jonas kann es nicht erwarten, nach Hause zu kommen. Heimlich hilft er nach. Sein Dad hat es zwar verboten, sich außerirdischer Hilfsmittel zu bedienen. Aber dies hier ist zu wichtig, um es lange hinauszuschieben. Benjamin sieht auf. Der glühende Strahl landet direkt vor dem Stall. „Jonas, was habe ich dir nur immer wieder gesagt? Du wirst mir einmal den Stall abfackeln und die Tiere damit in Gefahr bringen!" „Dad, ich darf nächste Woche in die Schule gehen!" Jonas nimmt sich keine Zeit, seinen Vater zu beschwichtigen. „Junge, das sind ja gute Neuigkeiten!" Benjamin freut sich für seinen Sohn und umarmt ihn herzlich. „Komm hilf mir den Stall auszumisten und erzähle mir alles dabei!" Er wirft Jonas eine Mistgabel zu.

Jonas redet und redet. Er ist ganz aus dem Häuschen. Er darf in die Schule gehen! …bis er seinem Dad erzählt, dass er beinahe zu einem glühenden Menschen mutiert ist. „Meine Güte, Jonas. Du musst dich mehr unter Kontrolle halten! Geh zu deiner Mum und lerne von ihr!" „Ja Dad!" Gemeinsam arbeiten sie weiter. Immer wieder tätscheln die Männer die

Ziege, den Esel, oder die eine, oder andere Kuh.

Erster Schultag

Jonas ist aufgeregt wie ein irdischer Erstklässler. Er stellt sich an den Wiesenrand und wartet auf die ersten Kinder. „Hi!" „Hallo! Wer bist du?" „Ich bin Jonas. Ich gehe heute in die Schule. Darf ich mit euch mitgehen? Die Kleinen kichern, aber sie winken ihm ausgelassen zu, dass er sich ihnen anschließen kann. Fröhlich, weil er so gut aufgenommen wird, geht er pfeifend hinter ihnen her. „Wieso kannst du so gut pfeifen? Bei mir geht das nicht." Der kleine Bub zeigt es ihm. Kein Ton scheint ihm aus dem Mund kommen zu wollen. Jonas sieht dem Kleinen auf den Mund. Der Knirps hat fast keine Zähne! Die Zähne, die er hat, scheinen extra groß zu sein? Zahnlücken? Jonas ist etwas irritiert. Er selbst hat ein lückenloses Gebiss. Er nimmt telepathisch Kontakt zu seiner Mutter auf. Augenblicklich hat er die nötigen Informationen. „Wie heißt du?" „Karli." „Ach Karli... Deine Zähne müssen erst alle da sein. Dann kannst du pfeifen! Glaube es mir!" „Mhm..." Sie gehen weiterhin einträchtig nebeneinander einher.

Die kleine Gruppe der Kinder stört sich nicht an dem großen Mann, der sie wie seinesgleichen behandelt. Er ist glücklich, so ohne Kompromisse aufgenommen worden zu sein. Sie kommen an der Schule an. „In welche Klasse gehst du?" „In die Erste!" „Echt?" „Ja. Wo ist die erste Klasse?" „Ähem… das sind wir! Komm einfach mit!" Ein kleines Mädchen nimmt ihn bei der Hand und zieht ihn den Gang entlang. „Hier musst du die Schuhe und deine Jacke ausziehen!" Er macht es ihr gleich und geht mit in den Klassenraum. Mit großen Augen sieht er aufgeregt auf die kleinen Tische und Sessel. Eine große grüne Tafel hängt vorne an der Wand und davor steht ein großer Tisch mit einem Sessel. Er sieht sich um und meint, dass der größere Tisch und Sessel für ihn angenehm ist. Er nimmt Platz und sieht den anderen zu, die ausnahmslos die kleinen Tische besetzen. „Bist du unser neuer Lehrer?", fragt ihn ein kleines Mädchen in der dritten Reihe. „Äh… nein? Ich bin Schüler." „Warum sitzt du am Lehrertisch?" Er sieht an sich herunter und antwortet. „Na ja, eure Sessel sind doch ein wenig klein für mich, nicht wahr?" Die Mädchen fangen an zu kichern. Die Jungs grinsen. Die Lehrerin wird Augen machen, wenn sie den Mann dort vorne sieht! Sie sind echt gespannt und tuscheln. Jonas lehnt sich behaglich zurück. Er fühlt sich richtig wohl. Zufrieden, dass er endlich in der Schule sitzt, verschränkt er gemütlich seine Hände hinter dem Kopf und streckt die Beine lang.

„Wer sind Sie, junger Mann? … und was machen Sie hier?" Jonas springt ertappt auf. Verlegen, mit seiner Hand durch seine Haare kämmend, sieht er auf die verschmitzt lächelnde Frau hinunter. „Ich bin heute das erste Mal hier! Der Direktor…" „Ah… du musst Jonas Baum sein, nicht wahr?" „Ja." Er ist erleichtert, dass die Lehrerin Bescheid weiß. Sie taxiert ihn von oben bis unten und meint sarkastisch: „Für einen Erstklässler bist du wirklich groß! Ich denke, dass wir einen eigenen Tisch und einen größeren Sessel für dich organisieren müssen. Du kannst unmöglich auf einem kleinen Sessel Platz nehmen. Da wirst du keine Freude haben." Sie nimmt das Handy in die Hand und telefoniert augenscheinlich mit dem Schulwart. „Bitte bringen Sie uns sofort einen weiteren Lehrertisch und einen passenden Sessel dazu. Ja genau. Sie haben richtig gehört. Es ist eilig. Danke!" Zufrieden legt sie auf und betrachtet neugierig ihren neuen Schüler. Er ist ein verdammt hübscher junger Mann!

„Du kannst inzwischen weiterhin hier Platz nehmen. Dein Tisch kommt sofort." Dann wendet Sie sich zu ihrer Klasse. „Kinder! Ihr habt schon mitbekommen, dass wir einen neuen Mitschüler haben! Das ist Jonas! Er wird uns die nächsten Jahre begleiten. Ich hoffe, dass ihr ihn herzlich willkommen heißt." Die Mädchen und Jungen klatschen begeistert. Neugierig mustern sie Jonas, den es offensichtlich freut, hier zu sein. „Warum kommst du jetzt erst in die Schule? Du bist ja schon alt?", fragt ein Bub mit Sommersprossen über dem ganzen Gesicht. „Ich bin jetzt fast sechs Monate alt!", beschwert sich Jonas. Die Klasse lacht. „Ich bin sechs Jahre alt!" „Ich bin sieben Jahre!" Beinahe alle Kinder wollen ihr Alter verraten, bis die

Lehrerin Einhalt gebietet, indem sie ihre Hand hebt. „Stopp!"

Sofort kehrt Stille ein. „Wir wissen jetzt, wie alt ihr alle, einschließlich Jonas, seid. Jonas ist ein besonderer Mensch und er will mit uns die Buchstaben lernen. Ich hoffe, ihr zeigt ihm, welche ihr schon kennt und setzt ihn dadurch auf den neuesten Stand. Heute werden wir das ‚G' und das ‚H' lernen! Auf geht's!" In dem Moment kommt der Schulwart, mit einem Helfer, mit dem Tisch und Stuhl, an. „Wohin dürfen wir alles abstellen?", fragt er. „Ganz hinten, denke ich. Wir wollen doch nicht, dass die Kleineren sich benachteiligt fühlen. Danke, Herr Knobel. Bald kann Jonas an seinem eigenen Tisch Platz nehmen und wird sofort mit Papier und Füllfeder ausgestattet. Es kann losgehen. Eine neuer Abschnitt seines Lebens beginnt.

Nicht lange und die Pausenglocke läutet. Jonas hat sie nicht wirklich wahrgenommen. Zu sehr ist er auf seine Buchstaben auf dem Papier konzentriert. Er hat auch mit Kreide die beiden angesagten Buchstaben auf die Tafel schreiben dürfen. Er ist sehr zufrieden mit sich. „Komm mit. Es ist Pause. Wir wollen draußen spielen!" Ein kleiner Junge steht neben ihm. Jonas blickt ihn erfreut an und steht auf. Der Junge blickt erstaunt zu ihm hoch. Der Mann wächst und wächst über ihn hinaus! Sein Mund steht offen. „Wow!" „Was hast du?" Jonas sieht auf ihn herab. „Du bist riesig!", meint der Kleine. Aber er schnappt ihn am Saum seines Shirts und zieht ihn hinaus.

„Hast du Hunger?" Ein anderer Junge reißt von seiner Wurstsemmel die Hälfte herunter. „Danke!" Jonas hat wirklich großen Hunger. Aber die kleine halbe Semmel befriedigt seinen Bedarf an Appetit keineswegs. Er nimmt sich vor, dass er sich morgen selbst auch eine Jause mitnehmen muss. Lernen macht hungrig! „Gibt es hier Wasser?" „Ja, komm mit!" Er folgt dem Winzling bis auf die Toilette. Verdutzt sieht er auf die sich weit unten befindlichen Kloschüsseln. Da müsste er sich ja klein machen. Auch die Waschschüsseln sind sehr weit unten. Aber er hat Durst und kniet sich hin. Gierig trinkt er vom Wasserhahn. Der Winzling sieht ihm neugierig zu. „Du hast aber eine Menge Durst!", bringt er das Offensichtliche auf den Punkt. Nach einer Weile lässt sich Jonas auf seine Fersen zurück und wischt sich mit dem Handrücken über den Mund. Ja, das hat er gebraucht.

Jonas hat Glück. Viele der Mädchen haben ihm die Reste ihrer Jause überlassen. Einigermaßen gesättigt mit vorwiegend Wurstsemmeln und Süßigkeiten setzt er sich wieder an seinen Tisch. Die nächste Stunde beginnt. Die Lehrerin wiederholt die bekannten Buchstaben und Jonas schreibt sie eifrig ab. Während sich die Kleinen der Klasse stolpernd durch die gelernten Buchstaben kämpfen, sagt Jonas sie ohne lange zu überlegen vor, obwohl er sie das erste Mal gehört hat. „Du bist sehr gut, Jonas!", lobt die Lehrerin. Sie wundert sich schon, dass er diese sofort beherrscht. Dabei scheint er zuvor noch keine Ahnung davon gehabt zu haben. Sie wird nachher ein Wort mit ihm reden müssen. Sollte er ein Genie sein?

Die Rechenstunde beginnt. Jonas bekommt ein Buch geschenkt. „Wir schlagen die Seite mit dem grünen Drachen auf!", fordert die Lehrerin. Jonas blättert sich einige Seiten durch und findet das Bild mühelos. Die Kinder fangen an zu flüstern. Sie rutschen unruhig auf ihren Popos hin und her. Das lange Sitzen, in der mittlerweile dritten Unterrichtsstunde, fordert ihren Tribut. Jonas hat kein Problem damit. Er ist ganz bei der Sache. Er saugt die neuen Dinge, wie ein Schwamm, in sich auf. Immer wieder fängt er an, die paar Buchstaben auf einem Blatt Papier zu üben. Er ist schon richtig gut. Diese Übungen sind bei der Lehrerin nicht unbemerkt vorübergegangen…

Der junge Mann ist hochkonzentriert, denkt sie sich. Er ist hier nicht richtig. Sein Potential kann gefördert werden. Vielleicht kann er zwei Klassen problemlos überspringen? Ein Studentin, die in der Schule ihr Praktikum absolviert, könnte ihm den Grundstoff der ersten zwei Klassen unterrichten. Die Lehrerin ist durch ihre Gedanken abgelenkt. „Frau Lehrerin?" „Frau Lehrerin!" Sie sieht auf den kleinen Conrad, der schon von einem Bein auf das andere hüpft. „Ja Conrad?" „Ich muss mal! Darf ich?" „Ja natürlich! Geh schon!" „Ich auch!" „Ich auch!" Die

Lehrerin schmunzelt. Natürlich wollen sie jetzt alle. Sie können nicht mehr sitzen. Aber sie muss Ordnung hineinbringen. „Es dürfen immer nur zwei Schüler! Maria, du kannst gleich mit Conrad gehen! Beeilt euch!" „Ja, Frau Lehrerin!" Sie seufzt. Die Rechenstunde muss auf morgen verschoben werden. Die Kinder sind nicht mehr zu motivieren. Sie brauchen Bewegung. Sie beschließt, die angefangene und die letzte Stunde als Bewegungsstunden zu nutzen. „Packt eure Taschen! Wir gehen nach draußen!" „Ja!" „Super!"

Jonas gefällt der Tumult. Die kleinen erinnern ihn an Christopher. Was er wohl jetzt ohne ihn macht? Die Lehrerin reißt ihn aus seinen Überlegungen. „Jonas? Kann ich draußen mit dir sprechen?" Er nickt zustimmend. Er packt seine neuerworbenen Dinge zusammen und will sie zurückgeben. „Die gehören jetzt dir, Jonas! Bring sie jeden Tag einfach wieder mit. Vielleicht kannst du dir eine Tasche besorgen?" Auf das Strahlen von Jonas ist die Lehrerin nicht vorbereitet. Ihr steht der Mund offen. Der junge Mann ist einfach unglaublich... schön? Er scheint sich beinahe in ein Licht zu verwandeln? „Jonas?" „Ja?" „Dein Körper... äh..." Sie zeigt auf ihn. Dann fällt es ihm auch auf. Seine Freude drückt sich schon wieder in ein Glühen aus! Er konzentriert sich, aber er freut sich unheimlich für die geschenkten Dinge wie ein kleines Kind, das er eigentlich noch sein sollte. „Danke, Frau Lehrerin!"

Sie hält ihn zurück, als er sich zu den anderen gesellen will. „Warte, ich wollte ein paar Worte mit dir reden!" Ach ja, beinahe hätte er es vergessen. Er stoppt und dreht sich erwartungsvoll um. Er setzt sich neben sie und wartet ab. „Jonas, ich habe gesehen, dass dir der Unterricht Spaß gemacht hat, nicht wahr?" Er grinst nickend. Sie fährt nachdenklich fort. „Ich habe auch bemerkt, dass du sehr schnell die Buchstaben gelernt hast... schneller als die anderen. Ich habe das Gefühl, dass du hier nicht wirklich weiterkommst. Ich will dir eine Studentin zur Seite stellen, die dir die Grunddinge einer Volksschule beibringen kann. Die Tests machst du in der Klasse. Dann werden wir sehen, wie schnell du wirklich vorankommst. Ist das ein geeigneter Vorschlag für dich?" Jonas überlegt stirnrunzelnd. Jetzt hat er Freunde gewonnen und soll sie wieder aufgeben? Die Lehrerin erkennt das Dilemma nicht wirklich, in das sie ihn gestürzt hat. „Äh… ja… Endlich habe ich Freunde gefunden und soll sie wieder verlieren?" Jonas ist wirklich enttäuscht und sein Gesicht zeigt es recht deutlich.

„Jonas! Du brauchst deine Freunde nicht aufzugeben! Du gehst nach wie vor jeden Tag in die Schule und lernst mit der Studentin Karina. In den Pause siehst du deine Freunde! Ist das ein Vorschlag?" Vorsichtig nickt er. Er kann es sich noch nicht so richtig vorstellen. Aber er stimmt zu. „Überlege es dir, Jonas! Du bist etwas Besonderes. Da kann man nicht die Zeit mit simplen Unterrichtsstunden vergeuden!" „Ich überleg's mir! Darf ich gleich nach Hause gehen? Christopher, mein großer Bruder wartet sicher schon auf mich." „Sicher. Kein Problem." Sie lächelt ihn warm an.

„Wie war die Schule?", fragt Alecha. Auch Benjamin sieht ihn neugierig an. „Prima! Ich habe so viele neue Freunde gefunden! Ich habe einige Buchstaben des Alphabets gelernt und die Frau Lehrerin hat mir einen Vorschlag gemacht. Sie will, dass ihr morgen mit mir in die Schule kommt. Sie möchte mit euch sprechen." Jonas nimmt die Gabel voller Spaghetti in den Mund und sieht mit leuchtenden Augen auf seine Eltern. „Ich brauche morgen eine Jause! Lernen macht hungrig!", meint er noch kauend. „Welchen Vorschlag hat die Lehrerin dir gemacht?", will sein Vater wissen. „Sie will, dass ich mit einer Studentin Karina lerne. Sie meint, dass sie mir die Grunddinge der Volksschule beibringen kann. Aber ich darf jeden Tag in die Schule und in den Pausen werde ich meine Freunde sehen!", grinst er. Benjamin ist froh, dass er darauf gepocht hat, dass Jonas in die Schule gehen soll. Der Junge strahlt wie ein Schneekönig und er freut sich auf seine neuen Freunde!

„Hat sie gesagt, warum du eine Studentin zur Seite gestellt bekommst?" „Mm!" Jonas isst seelenruhig weiter. Sein Vater jedoch macht sich so seine Gedanken. Passt sein Sohn nicht in die Klasse? Hat er sich danebenbenommen? Er seufzt. Alecha und er werden es morgen erfahren.

Karina

Am nächsten Tag gehen Jonas'
Eltern und mit Christopher am Arm, mit
ihm in die Schule. Auf dem Weg
begegnen sie seinen vielen neu
gefundenen Freunden. Er stellt sie ihnen
alle vor. Die Kleinen sind jedoch scheu
und halten Abstand. Jonas zuckt die
Achseln und geht stumm neben ihnen
einher. Die Lehrerin erwartet ihn und
seine Eltern im Lehrerzimmer. Der
Hausmeister hat sie zu ihr geführt.
„Guten Tag! Mein Name ist Frau
Haflinger. Ich bin die Lehrerin der ersten
Klasse. Bitte kommen Sie doch mit
herein und nehmen Sie Platz. Wollen Sie
Kaffee?", bietet sie ihnen an. Neugierig
sieht sie auf den kleinen Wonneproppen.
„Das ist Christopher!" stellt Benjamin
vor. „...unser zweiter Sohn!", fügt er
hinzu. Frau Haflinger ist sich sicher, dass
Jonas von einem älteren Bruder
gesprochen hat. Aber sie kann sich ja
irren, oder?

Benjamin und Alecha setzen sich auf die
angebotenen Stühle, lehnen jedoch den

Kaffee ab. „Jonas, du darfst gerne bei uns bleiben!" Jonas setzt sich neben seine Eltern und wartet ab. Unruhig sitzt er auf dem Sessel. Er will zu seinen Freunden! Dort ist es viel lustiger. „Jonas, wenn du in die Klasse willst, dann geh bitte!". Frau Haflinger bemerkt, dass er hier nicht sein will und erbarmt sich seiner. Erleichtert springt er auf und läuft gemäßigt hinaus. „Er ist wie einer meiner Erstklässler.", meint die Lehrerin belustigt. „Sie haben recht. Von Gemüt ist er wie ein Kind.", bestätigt Benjamin. Aber man sieht ihm an, dass er stolz auf seinen Sohn ist. Die Lehrerin nickt zufrieden. „Was ich mit ihnen besprechen wollte... Jonas hat einen sehr aufnahmefähigen Geist. Er scheint den Lernstoff um ein Vielfaches schneller aufzunehmen, als ein Kind mit sechs Jahren. Warum behauptet er immer wieder, dass er erst sechs Monate alt ist?" Frau Haflinger ist neugierig. „Es ist schwierig zu erklären...", meint Alecha. Sie erinnert sich an die Tage mit dem Direktor. „Dann erklären Sie es mir! Ich bin gespannt." Frau Haflinger legt ihre Ellbogen auf den Tisch und beugt sich vor. „Na ja, glauben Sie an Außerirdische?" „Wie bitte?!" Benjamin und Alecha sehen die verdutze Lehrerin an. „Ja, Jonas ist halb außerirdisch und halb irdisch.", versucht es Benjamin glaubhaft ernst zu sagen. „Das soll wohl ein Scherz sein!" Die Lehrerin lehnt sich wieder zurück und lacht halbherzig. „Nein, das ist kein Scherz. Sie können gerne Direktor Dr. Kannrich fragen. Er kann es ihnen bestätigen." „Äh…?" Sie sieht die beiden Erwachsenen vor sich zweifelnd an und räuspert sich verlegen.

„Also… ja… kommen wir zur eigentlichen Sache zurück. Ich denke, dass Jonas eine Studentin zur Seite gestellt werden soll, die ihm den Lernstoff der Grundschule beibringen kann. Wenn er das ist, was ich glaube, kann er bis Ende des Jahres in die Hauptschule, oder das Gymnasium überwechseln. Ich bin sogar davon überzeugt. Er ist ein hochintelligentes Kind… äh… Mann?" Sie ist verlegen. Die Informationen haben sie völlig verstört. Ein Außerirdischer? Sie schüttelt über so viel Nonsens den Kopf. „Wenn Jonas dies möchte, stehen wir dem nicht im Wege. Wo soll dieser Unterricht stattfinden?", Alecha ist besorgt. Durch die hohe Konzentration, ob des permanent hohen Pensums an Lehrstoff, kann es passieren, dass der Schutzschirm über Jonas zeitweise nachlässt, oder sogar durchlässig wird. Das ist gefährlich für die Schule und für Jonas selbst. Sie muss sich etwas überlegen.

Es klopft an der Tür. Eine hübsche junge Frau kommt herein. „Frau Haflinger sie wollten mich sprechen?" Unsicher sieht sie zu den Erwachsenen. „Bin ich zu früh?" „Nein, Karina, du kommst gerade richtig! Setzt dich doch zu uns! Darf ich vorstellen? Das sind Alecha und Benjamin Baum... die Eltern des Schülers Jonas, von dem ich gestern mit dir gesprochen habe. Du erinnerst dich?" „Ja." Sie schüttelt den beiden Erwachsenen, freundlich grüßend, die Hand und erschrickt über den leichten Stromschlag, den sie von Alecha bekommt. Überrascht sieht sie ihre Hand an. Aber da ist nichts. Sie setzt sich hin. „Karina, die Eltern sind damit einverstanden, dass du Jonas unterrichtest. Du wirst von Zeit zu Zeit mit ihnen Kontakt aufnehmen und von seinen Fortschritten berichten. Alles klar?" Karina nickt. „Wann soll ich mit dem Schüler anfangen?" „Heute! Sieh dir erst einmal an, wie weit er das Alphabet beherrscht und dann kannst du weitermachen, wie du es für nötig hältst. Du bekommst die Termine für Tests und Schularbeiten der jeweiligen Klasse. Wenn du glaubst, dass er daran teilnehmen kann, dann meldest du ihn an. Alles weitere können wir im Laufe der nächsten Woche besprechen." Die Lehrerin steht auf. Es ist alles besprochen. Sie muss in ihre Klasse und die Vertretung ablösen. „Danke, dass Sie hier waren und sich die Zeit genommen haben. Falls Sie Fragen haben... jederzeit! Guten Tag!" Die Baums sind entlassen.

Frau Haflinger geht mit Karina zu ihrer Klasse. Von weitem hören sie Gelächter. „Da scheint es lustig einherzugehen.", bemerkt Frau Haflinger sarkastisch. Karina kichert verhalten. Sie öffnen nach kurzem Anklopfen die Tür. Sofort ist Stille. Kleines Kichern hie und dort. „Liebe Mädels und Jungs, das ist Karina, unsere Studentin die Jonas von nun ab unterrichten wird. Bitte begrüßt sie." „Guten Morgen, Karina!", artig, aber in einem Durcheinander wird das junge

Mädchen begrüßt, worauf sie belustigt winkt. Sie findet die kleinen Knirpse allesamt süß und sieht sich neugierig nach einem Jungen namens Jonas um. Dabei bleibt ihr Blick an einem wirklich hübschen Mann ganz hinten in der Klasse hängen. „Karina, darf ich dir Jonas vorstellen? Jonas kommst du bitte nach vorne?" Der hübsche Mann ist Jonas? Er ist doch schon erwachsen, wundert sich Karina. Jonas steht in seiner vollen Größe vor der Studentin, die er um einen Kopf überragt. Freundlich und lächelnd reicht er ihr die Hand und schüttelt sie mit einem kräftigen Druck. Sofort spürt sie einen Stromschlag, ähnlich dem vorhin bei der Mutter! Sie sieht wiederum ihre Hand an. Aber es ist nichts. „Hallo Jonas! Ich hoffe, dass wir gut zusammen arbeiten werden!", versucht sie lahm zu sagen. Sie ist irritiert. Das ist keiner der Knirpse, die auf den zahlreichen Bänken hocken.

„Wenn ich euch jetzt bitten darf? Ich will gerne mit meiner Klasse weitermachen." Karina dreht sich nickend um und erwartet, dass Jonas ihr folgt. Sie gehen in einen Raum, der eigens für sie beide hergerichtet worden ist. Ein großes

Fenster lässt viel Licht herein. Ein Tisch und zwei Sesseln sind für die Lerneinheiten mit Jonas vorbereitet. Karina hat einiges an Material vorbereitet. Nun ist sie ein wenig verlegen. Jonas macht sie verlegen. Er ist ein schöner großer Junge. „Äh... wie alt bist du eigentlich?" „Jetzt bin ich genau sechs Monate alt!", sagt er stolz. Karina lacht laut heraus. Sie muss sich wohl verhört haben!" „Bitte sag das noch einmal!" „Sechs Monate?" „Das ist wohl ein Scherz!" „Nein!" Jonas ist ganz ernst. Er sieht Karina an. Sie ist eine kleine Frau. Aber sie gefällt ihm. „Okay... na dann... Fangen wir an?", meint sie, weil sie nicht mehr weiß, was sie noch darauf sagen soll. Sie setzen sich und beginnen mit dem Alphabet. Jonas rattert es runter, als hätte er es schon ein dutzend Mal gehört. „Das ist ja Klasse! Kannst du die Buchstaben auch schon schreiben?" Bald bekommt sie jeden einzelnen Buchstaben in Blockschrift und in großer und kleiner Schreibschrift. „Bist du sicher, dass du gestern das erste Mal in die Schule gegangen bist?" Er nickt. Seine Schrift ist wirklich schön und ebenmäßig! Sie beginnt mit ihm zu lesen. Nach einigen

Holpersteinen, fängt er an flüssig zu artikulieren. „Wenn du so weitermachst, hast du Ende des Jahres alles gelernt!", wundert sich Karina. Dann läutet es. Jonas springt auf. Wenigstens gebärdet er sich zur Pause wie ein normaler Schüler, bemerkt Karina amüsiert und schlendert ihm langsam nach draußen nach.

„Hallo Jonas!" Ein kleines Mädchen aus der Klasse, die Jonas heute verlassen hat, winkt ihm hektisch zu. Grinsend geht er auf die kleine Gruppe Schüler zu. „Hey!" „Hast du Hunger?" „Nein! Heute habe ich meine eigene Jause dabei! Aber danke!" Einträchtig sitzen die Knirpse um ihn herum und packen ihre Jausenbrote aus. Jonas nimmt einen kräftigen Schluck aus seiner ein Liter Flasche Wasser. „Wow! Du bist aber wirklich durstig!" Die Flasche ist im Nu leer getrunken. Jonas setzt ab und rülpst leise. Dann beißt er von seinem extra langen Wecken ab, der mit Wurst und Käse gefüllt ist. Sein Pensum an Hunger ist dreimal so groß, wie der von den Erstklässlern. Er sieht in seine Tasche. Seine Mutter hat ihm noch eine kleine Flasche Milch eingepackt. Erfreut fischt er sie heraus und setzt seine Lippen am Flaschenhals an. Im Nu ist auch die halb Liter Flasche geleert. Dem kleinen Mädchen werden die Augen groß. Jonas lacht sie freundlich an und zuckt die Achseln. Heute hat er wenigstens genug gegessen und getrunken.

Untergang der Kálaner

Jonas' Unterricht ist einfach für Karina. Er lernt schnell und merkt sich alles von einem Tag auf den anderen. Er ist ein Genie. Davon ist Karina überzeugt. „Morgen hast du Schularbeit in Mathe in der vierten! Ich werde dich heute darauf vorbereiten. Ich denke, dass du keine Schwierigkeiten damit haben wirst!" Er hat schon viele Tests und einige Schularbeiten hinter sich. Karina ist sehr zufrieden mit ihm und lächelt ihm zu. „Komm, gehen wir es an! Diese Schularbeit wird anders sein, als du bisher gemacht hast. Aber du wirst es mit links schaffen. Davon bin ich überzeugt. Sie kramt das Mathematikbuch hervor und schlägt eine entsprechende Seite auf. „Da ist aber viel zu lesen.", bemerkt er. Sonst gibt es immer nur Zahlen. Aber hier gibt es viele Texte! „Ja, es sind Schlussrechnungen! Im Prinzip ganz einfach, wenn man die Grundregeln erfasst hat.", beruhigt sie ihn.

Karina zeigt auf das erste Beispiel. „Lese es laut vor! Dann zeige ich dir, wie du vorgehen musst." Jonas fängt an zu lesen. Er versteht nur spanisch. „Das verstehe ich nicht." Karina lacht. „Ja, aller Anfang ist schwer. Du musst es dir bildlich vorstellen. Du hast fünf Kugeln... du zerbrichst zwei davon. Wieviel bleiben übrig?" Jonas' Gesicht klärt sich auf. „Das ist eine Subtraktion!" „Klar! Nichts anderes! ...und so ähnlich verhält es sich mit allen anderen Schlussrechnungen. Wir schreiben es so auf Papier. Schau mal!" Jonas ist hoch konzentriert. Das nächste Beispiel scheint ihm komplizierter zu sein. Seine Konzentration lässt seinen Schirm abschwächen. „Ach du liebes Bisschen! Das ist aber schwierig!", meint er. „Aber nein! Denk nach! Komm schon! Sprich laut. Ich helfe dir weiter..."

Der laute Knall lässt sie beide zusammenzucken. Beide fahren in die Höhe. „Was war das?!" Karinas Mund, mit ihrer Hand davor, steht vor Entsetzen weit offen. Die Augen sind schreckgeweitet. Jonas stürmt hinaus. Auf dem Gang nimmt er telepathischen Kontakt zu seiner Mutter auf. Vor dem Schulgebäude steht er vor einem riesigen Krater. Er ist ihm wohlbekannt. Vor überschäumenden Zorn streckt er seinen Arm gegen den Himmel und schleudert dicke Blitze hinauf. Wieder und wieder. Sein Schrei ist laut und wutentbrannt und schreckt die Lehrer und Kinder vor die Tür. „Geht hinein und drückt euch gegen die Wände! Schnell!" Sein Arm fängt an zu glühen. Blindwütig schreit er in die Luft. „Was haben wir euch getan!" Seine Blitze sind unaufhörlich. Gezackt und hektisch schnellen sie in großen unaufhörlich Strömen dem Kosmos entgegen. Sein Blick wird schärfer, je länger er nach oben starrt. Da! Er hat ein Schiff getroffen. Hämisch grinsend jagt er die nächste Salve hinterher. Er erkennt die Schiffe der Kalaner im Kosmos über dem Planeten Erde. Es sind insgesamt drei. Sie haben auf einen Schwachpunkt gewartet! Er hat seinen Schirm vernachlässigt. Vor Zorn gefrustet nimmt er jetzt beide Arme. Die Kraft, die er in diese Blitze hineinlegt ist enorm. Seine Oberarme zittern vor Anstrengung. Seine Muskelstränge treten scharf hervor. Sie fangen regelrecht zu glühen an. Er hat ein zweites Schiff getroffen! Zufrieden und zornig motiviert, konzentriert er sich auf das dritte und versucht nebenher, eines der getroffenen, kampfunfähig zu machen.

Ein riesiger Knall am Himmel zeugt von einem Herunterstürzen eines riesigen Haufen Metalls. Eines der feindlichen Schiffe ist unweigerlich zerstört und hat die Stratosphäre der Erde durchbrochen. Es zerfällt in viele kleine Teile. Jonas schickt dem Stromstöße entgegen und zerkleinert die größeren Brocken, damit sie auf der Erde keinen zu großen Schaden anrichten können. Jonas legt sich noch mehr ins Zeug. Er muss es schaffen. Immer wieder schleudert er Blitze um Blitze ins All. Ein dumpfer Knall zeugt von seinem Erfolg. Das in viele große Teile zerfallene Schiff wird von einem schwarzen Loch im All eingesogen. „Da habt ihr es! Ergebt euch!", schreit er aus seinen Lungen mit all seiner Kraft. Inzwischen sind viele Krater um ihn herum entstanden. Das Volksschulhaus scheint bisher unbeschadet. Seine Mutter muss es geschafft haben, es mit einem allumfassenden und widerstandsfähigen Schirm zu versehen. Danke Mum!

Er hebt siegessicher eine Faust gen Himmel. Doch plötzlich landet eine Rakete direkt auf ihn. Sofort verwandelt sich sein Körper in seine Energie. Das Geschoß rammt ihn unweigerlich in den Lehmboden. Aber die gleißende Energie namens Jonas windet sich um die Rakete herum und bricht wieder aus den Lehmboden hervor. Sein Körper steht wieder wie ein Gott auf. Seine Arme strecken sich abermals und die gezackten, todbringenden Blitze zerstören das letzte Kampfschiff der Kalaner. Jonas muss verschnaufen. Sein Körper beugt sich dem gnadenlosen Schmerz, der ihn durchfahren hat. Ein Kampf auf Leben und Tod ist kein Spiel. Lange kniet er im Schmutz. Rund um ihn zeugen riesige Löcher von einem Kampf.

„Jonas?" Karli der kleine Junge aus der ersten Klasse steht unsicher vor einem großen Loch. Panisch sieht er auf seinen besten Freund Jonas, der verdreckt, erschöpft und vollkommen nackt am Boden kniet. Als er sich in Energie umgewandelt hat, ist seine Kleidung vollständig verbrannt. Sein Kopf hängt über seine Brust. Die Augen geschlossen. Aber bei dem dünnen Stimmchen blickt er müde lächelnd auf. „Ich bin okay, Karli! Lass mich noch ein kleines Bisschen hier sein." Müde senkt er wieder den Kopf. Seine Gelenke und Arme schmerzen wie verrückt. Kein Wunder, sie haben geglüht wie Feuer! Er sieht wieder langsam auf. Er sieht kleine Mädchen weinen und kleine Jungen vor Schreck erstarrt dastehen. Auch die Lehrkräfte sind unfähig, sich zu rühren.

„Jonas, komm hinein!" Karina steht vor ihm. Sie will ihm aufhelfen. Aber er ist wirklich zu schwer. Ächzend versucht er aufzustehen, aber scheitert. „Warte! Ich brauch noch eine Weile." Karina nickt und setzt sich einfach neben ihn. Auch Karli hat es sich nicht nehmen lassen und ist um die riesigen Löcher gelaufen und setzt sich bleich aber sichtbar erleichtert, dass sein großer Freund noch lebt, neben ihn. Langsam kommen alle seine kleinen Freunde zu ihm und wollen ihn über den Rücken streichen. Jonas lässt es über sich ergehen und freut sich über so viel Anteilnahme.

„Kinder kommt rein! Jonas wird nachkommen, sobald er sich besser fühlen wird!" Sofort springen die Knirpse um ihn auf und laufen zu ihrer Lehrerin, die sie mit Sorgfalt, aber sicher in ihre Klasse führt. Es ist ein anstrengender Vormittag gewesen. Der weitere Unterricht fällt aus. Es werden die Eltern der Erstklässler angerufen, dass sie ihre Kinder vorzeitig von der Schule abholen kommen.

Inzwischen ist Jonas, von Karina begleitet und gestützt, in die Schule geführt worden. Obwohl Karina jede Menge Fragen an ihn hat, hält sie sich zurück. Alecha gesellt sich zu ihnen. „Alles klar mein Sohn?" Er nickt, noch immer erschöpft. „Du hast dies bravourös gemeistert, mein Sohn! Ich, und die Bewohner Oleandros' sind stolz auf dich! Die Kalaner werden nicht so schnell wieder kommen! Du bist der wahre Retter der Erde!" Jonas nickt einfach nur. Er kann sich nicht richtig freuen. Er hat seinen Schirm einfach vergessen! Er hat alle in Gefahr gebracht. Seine Freunde, Karina, einfach alle… „Mach dir keine Vorwürfe, Jonas! Es musste einmal so kommen. Früher oder später hätten sie angegriffen und wer weiß… vielleicht wäre es schlimm ausgegangen. Du trägst keine Schuld!", beschwört ihn Alecha.

Benjamin stürmt die Schule. „Wo ist mein Sohn!" „Hier sind wir, Benjamin!" Alecha hat ihn schon von weitem kommen hören. „Jonas, wie geht es dir? Ich habe mir Sorgen gemacht!" „Danke, Dad!" Während seine Mutter wie eine Kriegerin mit ihm spricht, tut die Sorge seines Vaters Jonas' Seele gut. Seine unendlichen Schmerzen lassen nach. Er kann wieder normal atmen. Vorsichtig streckt er sich aus. Zuerst die Beine, dann die Arme und lässt seinen Kopf einmal nach links, dann nach rechts knacken. Groß und dreckig steht er vor Karina. „Ich hoffe, dass du mich heute nicht mehr unterrichten musst. Ich kann nicht mehr denken. Ich muss mich ausruhen!" Karina lacht zittrig. „Ich denke auch, dass heute Schluss ist, Jonas. Wir sehen uns morgen?" Er nickt und geht mit seinen Eltern nach draußen. Stumm sieht er sich das Chaos an.

„Morgen, mein Sohn… morgen schaffen wir hier wieder Ordnung. Ich habe schon mit dem Direktor gesprochen.", beruhigt der Vater seinen Sohn. Gemeinsam setzen sie sich auf den Traktor, den Benjamin für die Herfahrt genommen hat und fahren nach Hause.

Das Leben geht weiter

Vater und Sohn arbeiten am nächsten Tag, im Morgengrauen, ohne Unterlass. Sie wollen den Vorgarten der ländlichen Volksschule wieder in Ordnung bringen. Mit Benjamins Traktor und Anhänger müssen sie x-mal fahren, damit sie genug Erde angekarrt haben. Mit Jonas' außerirdischen Hilfe geht das viel schneller. Noch bevor die Kinder am nächsten Tag die Schule wieder verlassen, ist alles wieder glatt. Einzig die Wiese muss wachsen und dies braucht Zeit. Benjamin und Jonas sehen sich zufrieden um. „Das haben wir gut gemacht, würde ich sagen." Benjamin reibt sich die Hände und winkt dem Direktor zu, der es nicht mehr zu Hause ausgehalten hat und am Fenster seines Büros die Arbeiten beobachtet hat. Er macht sich große Sorgen.

„Ah, Herr Direktor! Wir freuen uns, dass es ihnen wieder gut geht!" Benjamin lächelt ihm erfreut zu. „Eigentlich sollte ich mich ja noch schonen. Mein Arzt hat mir auf das Eindringlichste dazu geraten.

Aber ich habe von dem Unfall gestern gehört. Da musste ich nachsehen. Aber es sieht schon wieder alles ganz in Ordnung aus. Haben Sie die Wiese neu ausgesät?" Geschockt über die Hiobsbotschaft in den Nachrichten, hat er sich fest vorgenommen, nach dem Rechten zu sehen. Aber hier scheint wieder alles gut zu sein. Fragend sieht er die beiden Männer vor sich an. Diese lassen sich nichts anmerken. „Ja, die Wiese ist neu.", grinst Jonas.

Herr Kannrich sieht Jonas lange an. „Wie läuft es in der Schule? Ich habe gehört, dass unsere Praktikantin dich unterrichtet?" Jonas nickt. Begeistert setzt er an und erzählt dem Direktor seine Neuigkeiten. Dabei strahlt er über das ganze Gesicht. Dr. Kannrich wundert sich einmal mehr, wie ein so großer Junge, so eine strahlende Miene aufsetzen kann. Aber Jonas scheint es ernst zu meinen. „Das hast du ja eine ganze Menge schon gelernt! Frau Haflinger hat mich auf dem Laufenden gehalten. Sie ist sehr zufrieden mit dir, das kann ich dir sagen, Junge!" „Danke, Herr Kannrich!" Der Direktor nickt freundlich und geht nun seinerseits in die Schule.

„Hast du heute Unterricht, Jonas? Oder kommst du mit mir nach Hause?" „Ich bleibe noch da. Ich möchte noch mit meinen Freunden abhängen." Jonas geht hinein in das Gebäude. Schnell wäscht er sich auf dem WC die Hände und sucht nach Karina, die er auch bald findet. „Hey, willst du heute noch lernen?! Ich habe euch draußen beobachtet. Ihr habt wirklich Tolles geleistet. Alle Achtung!" Karina ist beeindruckt. „Natürlich, will ich noch lernen! Ich habe ja heute noch Schularbeit, oder nicht?" „Sie ist auf morgen verschoben worden! Du weißt ja... die Aufregung... und das alles!" „Mm." „Komm setz dich zu mir und erzähl mir genau, wer du, oder was du bist. Ich bin neugierig. Das was du gestern da draußen gemacht hast, war... wow! Mir fehlen die Worte!"

„Was willst du wissen?" „Alles!" Karina hängt atemlos an seinem Gesicht. Sie will sich keine Regung dieses Mannes entgehen lassen. „Ich bin der Sohn von Benjamin, mein irdischer Vater und Sohn von Alecha, meine außerirdische Mutter." Karina saugt erstaunt die Worte auf. Sie glaubt ihm jedes Detail. Sie hat mit eigenen Augen etwas gesehen, das nicht von dieser Welt sein kann. „Kann deine Mutter auch solche Blitze aus dem Arm schütteln?" Jonas lacht. Aus dem Arm schütteln… wenn Karina wüsste wie anstrengend das ist! „Nein! Mum ist besonders in spinnen von Schutzschirmen! Bei ihren Schutzschirmen dringt keiner mehr durch. Sie hat einen über die Schule gesponnen, damit ihr alle in Sicherheit wart.", erklärt er ihr. „Was habt ihr gemein?" „Mum ist eine Energie, die in Menschenform auf die Erde geschickt worden ist. Meine Grundform ist ein Mensch und ich kann mich jederzeit in vollkommene Energie umwandeln." „Warum ist deine Mama hier gelandet?" „Sie hatte eine Mission. Zuerst glaubte sie, sie hätte den Erlöser der Erde in Christopher gefunden. Aber dann bin ich gekommen. Ich bin der Erlöser der Erde. Gestern habe ich galaktische Lebensformen vernichtend geschlagen.", fügt er stolz und gleichzeitig mit einem Achselzucken hinzu.

„Wer ist Christopher?" Jonas Gesicht leuchtet auf. „Mein älterer Bruder!" „Wie alt ist er denn?" „Fast zwei Jahre!" Karina lacht. Dieser Mann behauptet vier

Monate zu sein und sein älterer Bruder ist fast zwei Jahre? Wer passt hier auf wen auf?! „Christopher ist ein lieber Kerl, glaube es mir! Ich bringe ihn morgen mit!" Karina lacht noch mehr. „Ich glaube dir. Aber bring in übermorgen mit. Morgen hast du Schularbeit. Da musst du dich konzentrieren." Sie lacht noch immer. Tränen kullern aus ihren Augen. Jonas schüttelt sauer den Kopf. Was ist da so lustig? Hat er was verpasst? Etwas angepisst widmet er sich schließlich einer weiteren Schlussrechnung.

Etwas später kommt Karina wieder auf den schrecklichen Vorfall zu sprechen. „Glaubst du, dass wieder außerirdische Kampf Ufos auftauchen?" Jonas zuckt die Achseln. Er weiß es wirklich nicht. „Bleibst du bei uns auf der Erde?" Karina macht sich Sorgen. Was wäre wenn, …?" „Noch bin ich hier und beschütze die Erde. Es ist meine Mission. Meine Mum ist in Kontakt mit ihrer Galaxie. Sollte sich etwas nähern, wird sie Bescheid wissen.", meint er lapidar. Karina muss sich mit dem zufrieden geben und konzentriert sich mit ihm auf seine Aufgaben.

Ein Jahr später

Jonas hält sich, mit seinem Bruder, im Stall bei den Tieren, auf. Es sind inzwischen drei Ziegen, zwei Esel und acht Kühe mit ihren drei Kälbern. „Komm, hilf mir die Tiere zu versorgen. Christopher folgt Jonas auf Schritt und Tritt. Der Kleine ist neugierig und immer voll bei der Sache. Überhaupt hat es Jonas mit ihm leicht. Der Knirps vergöttert ihn nahezu. Jonas schafft ihm etwas an und Christopher ist eifrig dabei. Jonas reicht dem Kleinen eine Kindermistgabel und schiebt die Scheibtruhe voraus. Gemeinsam misten sie den dreckigen Boden bei den Tieren im Stall aus. Dann gehen sie mit der stinkigen Brühe hinaus und laden sie weit entfernt vom Haus, auf den Güllehaufen wieder ab.

„Wir müssen das trockene Gras einholen. Komm mit!" Jonas klettert mit Christopher den Traktor hinauf und nimmt den Kleinen auf seinen Schoß. Sie fahren auf die gemähte Wiese und Jonas reicht seinem kleinen Bruder seinen Kinderrechen. Gemeinsam häufen sie einen Teil des gemähten, inzwischen staubtrockenen Grases auf und Jonas wirft es in den mitgeführten Anhänger. Es geht wieder zurück zum Stall. Sie verteilen das Heu auf dem Boden, damit es die Tiere wieder gemütlich haben.

„Hast du die vielen bunten Blumen gesehen?" „Ja…" „Wollen wir einen Korb für die Tiere pflücken und sie ihnen zum Fressen schenken?" „Au ja!" Sie laufen hinter das Haus. Die Wiese ist voller Blüten… Löwenzahn, Margariten, Klee, Hahnenfuß. Christopher nimmt seine kleinen Fäuste und umfasst gleich mehrere Stängel und reißt sie mitsamt der Wurzeln aus. „Hey, nicht so stürmisch, mein Kleiner! Die Wurzeln müssen im Boden bleiben!" Jonas lacht. Der kleine Bub will alles richtig machen. Aber manches Mal muss Jonas seinen Senf dazugeben. Christophers kleine Zähne blitzen auf. Sein Gesicht glänzt vor Freude. Stolz zeigt er seinem großen Bruder eine Handvoll ungeordneter Blumen. „Das hast du wirklich gut gemacht! Gib sie gleich in den Korb. Unsere Ziegen werden sich freuen!", lobt Jonas. Bald ist der Korb gesteckt voll und sie können wieder zurück in den Stall gehen. Die Tiere sind noch auf der Weide. Aber sie kommen näher, sobald die beiden Menschen zu ihnen hinaus schlendern, als würden sie riechen, dass es Leckerlis für sie gibt. Meckernd beeilen sich die Ziegen, um als erste die Blüten zu ergattern. Christopher lacht. Jonas muss ihn schützen. Die Ziegen sind in ihrer Fressgier unberechenbar. Weiß er doch, dass die meckernden Tiere auch ihre Hörner zum Einsatz bringen könnten. Christopher ist als Menschenkind hochgradig verletzbar.

Es macht ihnen riesigen Spaß. Die Esel gesellen sich bald dazu und schnell sind Jonas und der kleine Bursche von den neugierigen Viechern umzingelt. Der Korb leert sich schnell und die beiden gehen in Richtung Haus. Die Sonne färbt den Horizont in eine leuchtend rote Farbe. Jonas bleibt mit Christopher an seiner Hand stehen. Bewundernd sieht er den leuchtenden Himmel an. Seufzend denkt er an Oleandros. Irgendwann will er den Heimatplaneten seiner Mum kennen lernen. Jonas wartet, bis der heiße Planet hinter dem Horizont verschwindet. Christopher sieht fragend an seinem Bruder hoch. Er ist ihm zu ernst. Er spricht nicht mit ihm! Irritiert zieht der kleine Kerl an dessen Arm. Jonas sieht hinunter. „Was?" „Ich will spielen!" Jonas lacht. Der Kleine ist unermüdlich…

Aus puren Übermut hebt Jonas den Kleinen hoch und schultert ihn. Schnell läuft er mit dem glucksenden Brüderchen ins Haus, direkt in die Küche. Sie beide haben großen Hunger und das Abendessen wird wohl schon fertig werden. Jonas holt den zappelnden Körper von seinen Schultern und hält in kitzelnd im Arm. Christopher biegt sich vor Lachen und kreischt immer lauter. „Warum bekommst du nicht genug, du kleiner Racker? Ich bin müde und hungrig. Wir helfen Mum beim Tisch decken!" Christopher lacht noch immer, als er endlich auf seinen kurzen Beinen steht. Hüpfend rennt er um den Tisch und zupft an dem Rock seiner Mama. „Jonas und ich haben die Tiere gefüttert!" „Das ist gut. Dein Papa hat so schon sehr viel andere Arbeit zu erledigen!" Zufrieden über das Lob und die zärtliche Streicheleinheit seiner Mama, springt er wieder hüpfend von dannen und folgt Jonas ins Bad, um sich die Hände waschen zu lassen.

Plötzlich erstarrt Alecha. Die Gotaner?! Sie sind zu früh dran! Der Himmel verdunkelt sich rasch. Alecha blickt panisch aus dem Fenster. Telepathisch nimmt sie Kontakt mit ihrem Sohn auf. ‚Die Gotaner – Jonas... schnell! Sie sind direkt über uns!' Sie nimmt ein leises Schwirren wahr und weiß, dass ihr Sohn in seiner puren Energieform an ihr vorbei, auf dem Weg nach draußen ist. Er weiß, was er zu tun hat. Er muss sich der neuerlichen Gefahr stellen. Nur er allein ist dazu imstande, diesen feindlichen Übergriffen entgegen zu halten. Die ersten Laserkanonen strahlen mit Wucht auf die Felder und graben ein riesiges Loch nach dem anderen. Feuer flammt über die weiten trockenen Grasflächen auf. Der Wind verbreitet es rasend schnell. Der Stall und das Haus sind in großer Gefahr. Alecha verstärkt die Schutzschirme über das Areal der Gebäuden.

Entscheidung

Benjamin eilt selbst nach draußen. Er rennt in den Schuppen und holt sich den Wasserschlauch, den er sonst zum Befüllen der Wassertröge für die Tiere verwendet. Er will eine Wasserspur rund um das Gehege und vor allem vor dem Stall spritzen. Die Feuersbrunst droht immer näher zu kommen. Er macht sich große Sorgen. Seine Tiere muhen, meckern, schnattern und sein Esel schreit vor Angst. Das totale Chaos ist ausgebrochen. Benjamin wirft ein ums andere Mal den Wasserstrahl gegen die Holzwände des Stalls. Das Heu davor ist schon klatschnass. Aber er weiß, dass er das Feuer nicht lange wird aufhalten können. Er muss die Tiere in Sicherheit bringen. Nur wohin?

Er sieht zum Haus. Jonas scheint in Energie gewandelt zu sein. Plötzlich strebt er in einem schlanken Schweif gegen den Himmel. Es passiert ganz schnell. Der erste Gedanke Benjamins ist – das war es jetzt. Wir sind verloren! Jonas ist weg! Er sieht Alecha vor das

Haus kommen. Sie sieht wie er in den Himmel. „Wo ist Jonas!", schreit er sie an. Alecha bleibt eine Weile stumm. Dann sieht sie ihn erleichtert an. Ihr Blick drückt Zuversicht aus. „Sie haben ihn geholt." „Wer! Alecha! Wer hat ihn geholt!" Benjamin ist verzweifelt. Sein Sohn ist weg. Wird er ihn jemals wieder sehen? Tiefer Schmerz durchzuckt ihn. Was muss er noch alles aushalten? „Die Oleaner haben ein Schiff geschickt und Jonas zu sich geholt! Er wird von dem Schiff die Gotaner bekämpfen. Sie werden gewinnen!" Alecha ist zuversichtlich, während Benjamin in tiefe Traurigkeit gefallen ist. „Benjamin! Glaub mir, alles wird wieder gut!"

Tatsächlich hat der Angriff auf den Planeten Erde aufgehört. Erleichterung macht sich bei Benjamin breit. Er muss sich nicht mehr um seine Tiere sorgen. Dann fällt ihm ein. „Wo ist Christopher?" „Ich habe ihn in seinem Zimmer zurückgelassen. Keine Sorge, ein Schutzschirm verhindert, dass er hinauslaufen kann." Sie geht zurück ins Haus und befreit den kleinen Jungen, der sich in einem Spiel verloren hat. Er wollte sich vergewissern, dass wenigstens hier alles in Ordnung ist. Erleichtert beobachtet er den kleinen Christopher, der konzentriert einen Legostein auf den anderen Legostein aufsetzt. Beinahe hat er ein kleines Haus mit Garten fertiggestellt. Als spüre er die Anwesenheit der Erwachsenen, dreht er sich um und grinst. „Wo… Jonas?", fragt er stirnrunzelnd. „Jonas musste kurz mal weg. Er kommt wieder, mein Liebling. Komm zu Mum!", lockt ihn Alecha, was er sich nicht ein zweites Mal sagen lässt.

Sie hebt ihn in ihre Arme und kuschelt und liebkost ihn. Benjamin umarmt sie beide mit einen langen Armen von hinten. Er sorgt sich noch immer sehr um seinen Großen. „Dad!" Benjamin schnellt herum. „Jonas!" Der junge Mann steht in einer fiktiven Uniform vor ihm. Er kommt seinem Dad sehr fremd vor. Der Junge ist ein Krieger geworden. Stumm umarmt er ihn und ist froh, ihn unversehrt wieder zu Hause zu haben. „Wir haben die Gotaner vertrieben! Sie mussten abziehen. Ihre Abwehr wurde von den Oleaner vollkommen zerstört. Die Oleaner versicherten mir, dass jetzt so schnell keine Gefahr für die Erde bestehen wird." Diese Worte sind an

Alecha gerichtet. Benjamin sieht von Alecha zu Jonas und meint: „Das ist doch eine gute Nachricht, oder nicht?" „Ja… Die Oleaner meinen, dass Alecha und ich jederzeit auf den Planeten Oleandros kommen können. Unsere Mission sei vorerst beendet." Alecha nickt. „Ihr beide wollt mich und Christopher verlassen?" Benjamin ist geschockt. Seine Familie droht nun auseinanderzufallen!

Alecha drückt Christopher in den Arm von Benjamin und zieht sich zurück. „Alecha! Sag mir, dass du uns nicht verlässt…" Benjamin ist kreidebleich. Er hat sich schon so an sie gewöhnt! Warum jetzt? Er starrt Jonas an. „…und du?" Jonas nimmt seinem Dad den kleinen Jungen ab. „Ich werde dich nicht verlassen, Dad! Ich muss doch noch zur Schule. Außerdem habe ich noch lange nicht alles auf der Erde erlebt!" Benjamins Lächeln ist echt. Sein Sohn denkt nicht daran abzuhauen! Aber Alecha? Er muss ihre Absicht abwarten. Vielleicht muss er sie noch überzeugen? Vielleicht hat er bisher zu wenig getan? Vielleicht hat sie keinen Grund mehr zu bleiben? Kurz entschlossen geht er zu ihr und umarmt sie von hinten. „Alecha, bleib bei uns. Hier ist es doch viel schöner, oder nicht?" Sie nickt.

Sie ist in einem großen Zwiespalt. Sie will hierbleiben. Aber was ist sie für Benjamin? Er ist so mit sich selbst beschäftigt, dass sie nicht mehr für ihn existiert hat, oder? „Was bin ich für dich?", fragt sie ihn. „Süße! Ich liebe dich!" Erst als es ausgesprochen ist, ist er überzeugt, dass er das Richtige gesagt hat. Er liebt sie wirklich. „Du bist meine Geliebte, die Mutter meiner Kinder, meine Bewacherin des Hofes und unsere Beschützerin. Aber in erster Linie bist du meine Geliebte! Alecha ich sterbe, wenn du gehst!" Sie dreht sich zu ihm um. „Küss mich, wie am ersten Tag, als ich zu dir gekommen bin!" Er lächelt. Er will sie und nimmt ihr Gesicht in seine Hände und beugt sich zu ihr hinunter. Sein Kuss ist zartschmelzend. Seine Lippen streicheln über ihre und öffnen somit ihren Mund. Er drängt sie in ihr Schlafzimmer und zeigt ihr wie es am ersten Tag für sie beide gewesen ist. Aber dieses Mal ist es schöner. All ihre ganze Liebe ist mit dabei und so soll es auch bleiben…

Jonas ist an die Tür gegangen. Es hat geklopft. „Karina! Was machst du denn hier?" „Ich wohne in der Nähe und habe den Krach gehört. Haben die Außerirdischen wieder zugeschlagen?" Jonas nickt. „Äh… ich wollte nur nachsehen, ob bei euch alles in Ordnung ist?" Dann hören sie einen Schrei… noch einen… Es scheint nicht aufhören zu wollen. Karina und Jonas sehen sich bedeutsam an. „Meine Mum und mein Dad sind oben.", sagt er, als wäre es ganz normal, dass seine Eltern eine Schreiorgie veranstalten. Karina ist über und über rot angelaufen. „Äh… ja… sie sind sehr laut, nicht wahr?" Karina weiß nicht mehr was sie sagen oder tun soll. Jonas führt sie hinaus. „Komm, ich zeig dir den Stall." Sie ist sehr dankbar über diese Ablenkung und strebt sehr schnell hinaus. „…und das ist Christopher?" Der kleine Junge hängt am Arm von Jonas. „Ja… der kleine Racker ist mein großer Bruder!", lacht Jonas. „Er ist älter, oder was?" „Ja." Inzwischen kommt es Karina nicht mehr so komisch vor, wenn Jonas etwas sagt. Bei diesem Jungen ist alles anders. Er ist ja auch halb außerirdisch!

„Ich wollte dich eigentlich fragen, ob du noch zum Unterricht kommst?" „Na klar, komme ich wieder. Die feindlichen Krieger werden jetzt nicht so schnell wieder angreifen. Ich habe sie in die Flucht geschlagen!" Jonas Brust scheint stolz zu wachsen. Karina meint: „Du bist unser Held! Aber lass es dir nicht zu Kopf steigen, sonst machst du dich unbeliebt! Glaub es mir!" Karina betritt den Stall hinter Jonas. „Sind die süüüß!" Karina wird von einem Kalb fast niedergerannt. Es wollte seiner Mama folgen. Aber Jonas hat es für Karina im Lauf abgefangen. Karina ist entzückt von den niedlichen Gesicht des kleinen Rindes. „Wie heißt es?" „Keine Ahnung. Wir haben noch keinen Namen für ihn!" „Es ist also ein ER?" Jonas nickt. „Hast du einen Vorschlag?" Karina überlegt. „Ich sage dir morgen einen! Ein Name ist für ein ganzes Leben lang! Da muss es ein Besonderer sein!" Sie wendet sich den neugierigen Ziegen zu. Rein zufällig hat sie noch einen Apfel in ihrer Tasche, den sie vergessen hat zu essen. Die Ziegen kommen näher und stupsen sie an. Lachend händigt Karina ihre Vitamine aus und sieht nach dem Esel, den sie

hinter den langen Ohren krault. Iahhh…
iahhh!

Benjamin gibt alles, um Alecha, seine
Liebe des Lebens und Mutter seiner
Kinder zu überzeugen. Sein Körper geht
an seine Grenzen. Sie sind beim
mittlerweile fünften Orgasmus angelangt.
Sein zitternder Penis steckt in ihrer
zuckenden Pussy und sie fallen beide in
sich zusammen. Alecha ist schon längst
davon überzeugt, dass sie unbedingt bei
ihrem Geliebten bleiben wird. Aber er hat
sie immer wieder zu neuen Höhen
gebracht. Jetzt sind ihrer beider Körper in
Schweiß gebadet und völlig ausgepowert.
„Uff! Alecha du schaffst mich!"
„Benjamin… es war wirklich fantastisch!
Ich habe es so vermisst!" „Alecha… ich
lasse dich nicht mehr gehen!" „Ich
bleibe!" Keuchend und schnaufend
ringen sie nach Luft. Ihr Atem ist
verbraucht. Sie brauchen eine Pause.
Irgendwann besinnt sich Benjamin ihrer
Worte. „Alecha, wirklich?" „Ja!" Sie
weiß was er meint. Freudenstrahlend
nimmt er sie wieder fest in seine
muskulösen Arme und küsst sie innig auf
den Mund. „Ich liebe dich!"

Autorin

Die österreichische Autorin, Ingrid Seemann ist glücklich verheiratet und Mutter von zwei erwachsenen Kindern. Ihre Leidenschaften sind das Schreiben, das Lesen von Romanen mit Happy End und Sport als Ausgleich. Wenn sie nicht gerade vor ihrem Laptop sitzt, oder ein Buch liest, ist sie im Fitness Studio oder mit ihren Nordic Walking Stöcken unterwegs.

Eine Bitte an meine treuen Leser und an neue Leser. Bitte schreibt Rezensionen. Wir Autoren leben davon! Wir brauchen die Meinungen von Euch, damit wir Euch im nächsten Roman noch einmal überraschen können.

Instagram: seei9564

Bisher erschienen

Die erste Generation:

Rock Me Sweetheart

Die russische Oligarchin

Der widerspenstige Russe

Die zweite Generation:

Sarah und Noah, Tanz für mich, Süße!

Die Trilogie

Die dritte Generation:

Die Holzfäller: Passt auf Sie auf!
Ich bin nicht schwul!

Das Schicksal schlägt zweimal zu:
Spiel mit mir!
Es ist alles nur Show!

Überleben Wildnis: Küss den Tiger!
Paparazzi! – Bonus!

Wer viel Erotik liebt, für den habe ich
noch: *Außerirdischen Gefühle*

*Ein großes Dankeschön an alle
meine treuen Fans!*

Leseprobe

„Was geht in deinem Kopf vor? Was siehst du noch?" Chavez sieht sie gefällig an. Sie hat ein Gespür für Stimmungen. „Ich kann es noch nicht so genau sagen. Die Maus, oder vielleicht die Ratte, hat es sehr eilig gehabt, als ob es Gefahr gewittert hätte. Es kann sein, dass ein größeres Tier in der Nähe ist. Wir müssen die Umgebung sehr genau beobachten." „Auf was muss ich achten?" „Auf eine Bewegung in den Ästen, Geräusche von knackenden

Zweigen, Rascheln im Laub, auf dem Boden und so weiter…" Vorsichtig und geräuschlos zieht er sein Messer aus der Scheide an seinem Bein heraus. Verena bekommt große Augen. Es sieht wie das Messer des Rambo aus. „Cool!" Sebastian kommt näher heran, um es sich genauer anzusehen. Sie merken gar nicht, dass Chavez' Körper angespannt ist. Sebastian steht ahnungslos mit dem Rücken an einen Baumstamm gelehnt. Dann hört er das leise Zischen, bevor er es als solches erkennen kann. Ein gut getarnter dünner langer Körper schlängelt sich zu ihm hinunter. Die Schlange hat die Farbe des Baumes. Er hat sie zu spät gesehen. Sie kriecht längst auf seiner Schulter herab. „Nicht bewegen!" Chavez Stimme ist beinahe nicht zu hören. Doch Sebastian hat längst aufgehört zu atmen. Er ist zu einer menschlichen Säule erstarrt. Er hat Angst. Er weiß nicht, ob es eine Giftschlange ist, oder eine Harmlose. Aber wenn Chavez sagt, dass er sich nicht rühren soll, muss es gefährlich sein! Er fühlt sich ohnmächtig. Sein Körper fängt an zu schwitzen. Michael tritt, etwas weiter weg, in sein Sichtfeld. Sein

Gesicht zeigt Entsetzen, sein Körper ist starr wie seiner. Die Schlange hat sich um den Arm Sebastians gewickelt. Sie lässt nicht mehr ab. Hilflos sieht er zu Michael. Sein Schweiß rinnt ihm in die Augen. Er blinzelt. Die Schlange hebt, aufgrund der winzigen Bewegung, den Kopf zu seinem Gesicht. Sebastian kann die vorschnellende Zunge an seinem Hals fühlen. Lange dauert es nicht mehr und er dreht durch! Er sieht zu Michael. Seine Lippen sagen ihm, dass er durchhalten soll. Sebastian schließt die Augen und fängt innerlich zu beten an. Er denkt an seine kleinen Geschwister, seine Eltern und Florian. Micheal kommt ihm immer wieder dazwischen. Lieber Gott, lass mich meine Familie wieder sehen!

Dann passiert es. Chavez holt konzentriert mit seinem Rambo Messer aus. Verena quiekt schrill auf. Michael stolpert entsetzt zurück und stürzt über eine Wurzel auf seinen Hosenboden. „Au...! Sebastian!", schreit er schmerzvoll seinem Bruder zu. Entsetzt beobachtet er, wie Chavez' Messer direkt in die Richtung seines Bruders fliegt. Er hört den schneidenden Flug des Messers, bis es im Kopf der Schlange landet und spießt diesen unerbittlich an dem Baumstamm fest. Sebastians Augen sind halb verdreht. Ihm wird fast schwarz vor den Augen. Er sieht das scharfe gezackte Messer pfeilscharf auf sich zu fliegen. Er fühlt die letzte Minute seines jungen Lebens auf sich zukommen. Er kann sich nicht bewegen. Er ist starr vor Angst und dann plötzlich zischt das Messer an seinem Ohr vorbei. Mit einem leisen Klatsch landet es direkt neben ihm und er wendet sich instinktiv zur Seite. Vor seinen Augen steckt das Messer, leicht federnd, in dem weit aufgerissenen Maul der Schlange. Er fühlt sich von den stechenden schwarzen Augen der Schlange beobachtet. Vor Grauen wendet er seinen Blick würgend ab. Das Tier wollte gerade zubeißen! Sebastian steht noch immer wie gelähmt da. Seine Motorik will noch nicht einsetzen. Seine Augen sind weit aufgerissen. Er hat das Messer auf sich zu sausen gesehen und nicht mehr denken können. „Scheiße!" „SCHEISSE!" „SCHEISSE!" Dann fällt er in sich zusammen und bleibt erschöpft am Laubboden liegen. Das Ende der Schlange baumelt neben ihm herab. „Du hast Glück gehabt, Bursche! Das ist eine

Viper gewesen! Sie hatte es offensichtlich auf dich abgesehen! Du hast wahrscheinlich zwischen ihr und ihrer Beute gestanden." Endlich kommt etwas Bewegung in Sebastian. Gestern der Bär, heute die Schlange... was kommt morgen? Er will nach Hause! Michael spürt das Gefühlschaos im Kopf seines Bruders. Spontan nimmt er ihn in die Arme, streicht ihm über den Kopf und zieht ihn zu sich heran. Egal was die anderen denken. Sein Bruder ist jetzt wichtig. Das nur langsam abbauende Adrenalin lässt Sebastians Körper unkontrolliert erzittern. Michael hält seinen Zwilling fest an sich gedrückt. Chavez lässt ihnen die Zeit und holt den Körper des toten Tieres vom Stamm, rollt ihn zusammen und verstaut ihn in seinem Rucksack.

„Was willst du mit der noch machen?!" Verena schluckt. Dieses grauenvolle Erlebnis zerrt an ihren Nerven. Misstrauisch beobachtet sie Chavez. „Sie ist genießbar." „Iiiigiiitt!" Verena sieht ihn entsetzt an. Sie wird die Schlange nicht essen! Das weiß sie jetzt schon. Kommt, wir gehen weiter!" Michael hilft den, noch wie paralysierten Bruder, am

Arm hoch und zieht ihn mit sich. Verena geht mit Chavez voraus. Sie ist etwas beunruhigt. Was kommt noch alles auf sie zu? Langsam, aber sicher merkt sie, dass das hier kein Spaziergang ist. Der Spaß ist vorbei.

Havars Gruppe hat die Schreie im Wald gehört. Gabrielle und Aleksej sind erschrocken zusammen gerückt. „Das war Verena! Mein Gott! Ich muss zu ihr!" „Aleksej! Beruhige dich! Es passiert ihr nichts.", beschwichtigt Havar ihn. „Woher willst du das wissen?! Du weißt gar nichts!", schreit ihn Aleksej an. Seine Verena ist in Gefahr! Havar nimmt sein Walkie-Talkie zur Hand: „Havar hier! Bitte um Bericht." „Chavez! Alles unter Kontrolle! Eine Viper hat Sebastian bedroht. Alles unter Kontrolle!" „WAS!" Gabrielles Mageninhalt kommt bei diesen Worten mit einem Schwall hervor. Aleksej hält ihr die Haare aus dem Gesicht. Würgend übergibt sie sich immer wieder. Havar reicht ihr seine Wasserflasche, damit sie sich den Mund ausspülen kann. Dann holt er eine mitgebrachte Campingschaufel aus seinem Rucksack und vergräbt die erbrochenen Mageninhalte. „Wir wollen ja keine Spuren hinterlassen. Sonst haben wir bald ein weiteres wildes Tier am Hals!", meint er lapidar. Gabriele sieht ihn entgeistert an. Mit einem erstickten Schrei springt sie nervös zur Seite. Ihre Augen bewegen sich fahrig hin und her. Es hat sich etwas bewegt! „Nichts Aufregendes! Das war nur eine Waldmaus!" Havar nimmt das Mädchen kurz in die Arme und klopft ihr auf den Rücken, um sie zu beruhigen. Auch Aleksej ist käseweiß. Der Schrei Verenas hat ihn schwer erschüttert.

„Wir müssen weiter!" Havar rückt Gabriele wieder von sich ab, aber sieht sie in Augenhöhe an. „Geht's wieder?" Sie nickt beklommen und greift zaghaft nach Aleksejs Hand, die dieser fest in seine nimmt. Dies hier ist wahrhaftig gefährlich! „Hört ihr das?" „Was!" Aleksej und Gabrielle sind in Alarmbereitschaft. Havar blickt nach oben und streckt den Arm aus. „Dort!" Ängstlich blicken sie nach oben. Eine dunkle Wolke zieht über ihnen von links nach rechts vorbei und entfernt sich aus ihrem Blickfeld. „Das war ein Bienenschwarm! Wilde Bienen!" Havars Blick richtet sich wieder auf das Paar vor ihm. Gabriele zeigt sich nun interessiert. „Gibt es hier irgendwo ein Nest? Vielleicht etwas Honig?" „Ziemlich sicher. Aber wir müssen vorsichtig sein. Wo Honig ist, ist auch ein Bär!" „Oh Gott! Was denn noch alles!" Gabriele will jetzt den Honig doch nicht mehr. Havar zieht mit ihnen weiter. Genau in die Richtung, in die der Schwarm geflogen ist. Nach einer Weile bleibt er abrupt stehen und legt den Zeigefinger auf seinen Mund. Er deutet ihnen, sich mit ihm, hinter das, neben ihnen befindliche Gebüsch, zu verstecken. Geduldig wartet er ab. Dann zeigt er auf ein großes imposantes Tier. Es ist die Bärenmutter mit ihren Kleinen. Gemächlich trottet sie nahe an ihnen vorbei. Die drei sitzen starr, die Luft anhaltend, hinter dem dicht gewachsenen Gebüsch und beobachten fasziniert die Tiere. Die kleinen Bären springen, hüpfen und tollen auf dem Platz vor ihnen und treten neugierig das Laub am Boden zur Seite. Immer wieder schlecken sie nach irgendetwas und kratzen über die Baumstämme, bis sie ihrer Mutter wieder nachlaufen, weil sie schon ein gutes Stück weitergegangen ist. „Die sind aber süß!", ist Gabrieles

Kommentar. Dennoch hat sie gehörigen Respekt gegenüber der Bärin gehabt. Havar treibt sie weiter. Er will ihr die Bienenwaben zeigen. Vielleicht gibt es ja Honig. Sie gehen vorsichtig über den Waldboden. Sie wollen keine unnötig lauten Geräusche verursachen, um wilde Tiere aufzuscheuchen. Immer wieder macht Havar sie auf kleinere Tiere aufmerksam. Aber alle sind harmlos. „Wir sind hier!" Aleksej und Gabriele sehen Havar fragend an. „Seht! Da oben!" Er zeigt auf den hoch gewachsenen, stark verästelten Stamm. Aleksej guckt in sein Fernglas, das er sich wohlweislich mitgenommen hat. „Das sind Bienen!" „Richtig!" „Da sieh nur!" Aleksej reicht sein Fernglas an Verena weiter. „Die sind aber weit oben. Da kommen wir nicht dazu!", bedauert Gabriele und ist froh darüber. Der Stich einer Biene ist scheußlich. Der einer wilden Biene...? Sie gibt sich mit der Beobachtung der fliegenden Insekten zufrieden und dankt Aleksej für das Fernglas.

„Hallo!" „Hey! Anastassja, sieh nur!" Vladimir ist mit Anastassja und Florian zu ihnen gestoßen. Havar begrüßt

Vladimir mit Handschlag. „Gibt's da oben was zu sehen?" Gabriele reicht Florian das Fernglas weiter. „Bienen?" Mhm. „Kann man da Honig herunterholen?" Anastassja sieht blinzelnd nach oben. Sonnenstrahlen scheinen durch das dichte Blätterdach des Waldes. „Wir können es versuchen.", macht Vladimir Hoffnung. Er kramt in seinem Rucksack und holt einen Imker Hut hervor. Wie ein netzartiges Zelt, stülpt er es sich über den Kopf. Dank der robusten Handschuhe, die alle bekommen haben, sind auch seine Hände geschützt. Er sieht sich suchend um und zieht an Ästen der Lianen eines nahe stehenden Baumes. „Helft mir! Ich brauche noch einige. Ich muss ein Seil daraus drehen!", fordert er Aleksej und Florian auf. Havar hilft Vladimir die Lianen kraftvoll zusammenzuflechten. Schließlich ist Vladimir zufrieden, rollt es zusammen und hängt es sich quer über seinen Körper. Dann sucht er sich eine geeignete Aufstiegsmöglichkeit. Immer wieder setzt er an, bis er schließlich sein selbstgedrehtes Seil zum Einsatz bringt. Er wirft es weiter oben über einen dicken Ast und setzt zum weiteren Aufstieg an.

Er ist schon sehr nahe der Bienenwaben. Auf einem Ast weilend, wühlt er in seinem Rucksack. „Was macht er da?" „Er wird einen Behälter für die Waben herausholen!" Havar guckt um sich. Er hat etwas gehört.

„Kommt wir müssen hier weg!" „Wieso?" „Die Bärenfamilie ist in der Nähe!" Aleksej nimmt vorsorglich die Hand seiner Schwester. Er kennt sie. Er traut ihr zu, dass sie die Bärin aus nächster Nähe sehen will. Ihr ist wahrscheinlich gar nicht bewusst, wie gefährlich dieses Tier sein kann. Sie weichen zurück und verstecken sich hinter einer Felsformation, geschützt vor den Blicken des wilden Tieres. „Sieh mal Aleksej! Sind die nicht süß?" Anastassja hat die kleinen, scheinbar kuscheligen Tiere gesichtet und springt ohne Vorwarnung auf. Bevor Aleksej sie zurückhalten kann, ist sie auch schon nach vorne gelaufen, um den Bärchen näher zu sein. „Ana!" „Scheiße!" „Mein Gott!" Ihr Bruder will ihr nach, um sie heil zurück zu holen. Havar hält ihn gerade noch zurück. „Ihr bleibt hier! Ich hole sie!", beschwört Havar mit eindringlichen Blick auf Aleksej. Er zieht sein Messer, ähnlich dem von Chavez, hervor und folgt Anastassja, die schon gefährlich nahe der Bärenfamilie ist. Sie kniet vor einem der jungen Tiere und hält ihm wackelnd einen Ast mit Blättern vor die Nase. Das Kleine schlägt mit seiner Tatze verspielt auf das verzweigte und belaubte Geäst und wirft sich auf den Rücken, immer den Ast in seinen kleinen Tatzen festhaltend. Neugierig kommt das Zweite hinzu. Anastassja lacht hell auf. Sie ist begeistert. „Komm zu mir Kleiner!", lockt sie und wackelt mit dem Spielzeug, den kleinen Bären daran hängend, hin und her.

Havar nähert sich vorsichtig und geduckt. Er will sie einfach wieder mit sich nach hinten ziehen. Aber die Bärin hat die Gefahr, in der ihre Kinder vermeintlich schweben, schon längst gewittert und nähert sich schnell mit einem wilden Grollen. Vor Anastassja und Havar stellt sie sich plötzlich bedrohlich auf die Hinterbeine und brüllt mit weit aufgerissenem Maul und zeigt ihre äußerst scharfen Zähne. „Bleib unten und verhalte dich ruhig.", flüstert Havar Anastassja scharf zu. Die Bärin lässt sich wieder herabfallen und sammelt die

Kinder ein und sieht nach dem Letzten, das sich ebenfalls neugierig den Menschen zugewendet hat. „Geh zu deiner Mama!", flüstert Anastassja dem Bärenjungen zu und stupst es auf den richtigen Pfad. Die Bärin meint ihr Junges wieder in Gefahr und stellt sich abermals bedrohlich auf. Brüllend nähert sie sich zu schnell den Menschen und Havar zieht Anastassja entschlossen auf die Beine und stößt sie ins Gebüsch. „Lauf!" Er stellt sich der Bärin, immer wieder schreiend und fuchtelnd in den Weg, bis zu seinem Glück das große Tier sich wieder auf alle Viere fallen lässt, ihre Kinder einsammelt und den weiteren Weg entlang scheucht. Havar atmet befreit auf und dreht sich fuchsteufelswild nach dem Mädchen um. „Was hast du dir dabei gedacht?! Das ist ein wildes Tier, das instinktiv ihre Jungen verteidigt! Wir hätten draufgehen können!" „Mach mal langsam, Havar! Du schreist meine Schwester nicht an!" Aleksej ist seiner Schwester zu Hilfe geeilt. Der große bärtige Mann ist auf seine unschuldige Schwester losgegangen! Das kann er nicht tolerieren! Sie hat nicht vorsätzlich gehandelt. Sie ist einfach so. Wenn wer schuld ist, dann er selbst. Er hätte es voraussehen müssen. Die Schuldgefühle stehen ihm ins Gesicht geschrieben. Ihm ist übel.

Havar, vor Zorn rot im Gesicht, sieht den jungen Mann vor sich perplex an. Niemand stellt sich ihm in den Weg! Was bildet er sich nur ein?! „Hey... hey... hey! Es ist ja nichts passiert!" Vladimir steht plötzlich hinter ihm. Seine Hand greift vorsorglich um den Bizeps seines Freundes. Havar faucht. „Hast du das gesehen? DIE DA...", er zeigt auf die heulende Anastassja... „...geht einfach da hinaus und spielt mit den kuscheligen Tieren, als wären es ihre Haustiere im Wohnzimmer!" Er schüttelt fassungslos den Kopf. Sein Adrenalin peitscht stetig seinen Körper weiter auf. „Mach mal halblang! Du hast ja selbst gesagt, sie ist unberechenbar. Ich habe sie auch deshalb immer in meiner Gruppe. Dieses Mal... das war Schicksal, dass ich nicht da war. Aber du hattest ja alles im Griff! Aber was soll's? Wir haben Honig als Nachtisch!", grinsend hebt Vladimir die sorgfältig verschlossenen Plastikbehälter hoch. Brummend lässt Havar es gut sein, während es Vladimir sich innerlich zerreißt. SEINE Anastassja hätte draufgehen können!

Anstatt freudig auf die Honigernte zu reagieren, sind die Freunde zu geschockt. Anastassja weint still im Arm von Gabrielle, die Havar böse anstarrt. Aleksej hat, immer wieder kopfschüttelnd und äußerst blass, auch einen Arm um beide Mädchen gelegt und Vladimir meint: „Setzen wir uns erst einmal hierhin und beruhigen uns, bevor wir weitergehen." Stumm verstaut er wieder seine Beute. Er macht sich Vorwürfe. Er hat die Verantwortung einfach so auf Havar übertragen, ohne ihn besonders auf Anastassja zu sensibilisieren! Sie ist prompt ihren Gefühlen nachgegangen. Es ist alleine seine Schuld... Irgendwann beruhigen sich die Gemüter und sie gehen weiter. Stundenlang streifen sie hintereinander ohne Worte durch den Wald. Die Gefahren bleiben ausnahmsweise einmal fern. Havar ist schon lange nicht mehr auf Anastassja böse. Im ersten Augenblick hat er etwas überreagiert und entschuldigt sich reumütig bei dem Mädchen. „Ach, das macht ja nichts! Ich mag dich. Du bist ein netter Mann!", ist ihr Kommentar. Havar lacht amüsiert auf. Für nett hat ihn noch keine gehalten! Er sieht sie mit neu erwachtem Interesse an. Sie beginnen sich zu unterhalten. „Woher kommst du? Aus dem Norden?", mutmaßt sie. „Meine Mutter ist Finnin, Papa Norweger. Du bist Russin, nicht wahr?" „Ja, Aleksej ist mein Zwillingsbruder.", fügt sie noch hinzu. Havar ist überrascht. Das hat er nicht gewusst. Jetzt versteht er so einiges… Sie gehen einige Zeit neben einander einher, bis Vladimir sie zu sich holt. Genug Süßholz geraspelt!

Bald erreichen sie die Lichtung, in der sie die zweite Nacht verbringen werden. Es dauert nicht lange und die Gruppen von Chavez und Olivier trudeln nacheinander und erschöpft zum Lagerplatz ein. Diesen Abend haben sie sich wieder einiges zu erzählen und die Geschichten werden weidlich ausgeschmückt.